小学館文庫

夢探偵フロイト

—アイスクリーム溺死事件—

内藤 了

JN019792

小学館

目次

登場人物

風路《かざみち》亥斗《かいと》（フロイト）
私立未来世紀大学夢科学研究所の所長。神経心理学、社会心理学、文化情報論の教授

城崎《しろさき》あかね（ペコ）
夢科学研究所の手伝いをしていた人文学部の学生、卒業間近

森本《もりもと》太志《ふとし》（ヲタ森）
夢科学研究所のＣＧクリエイター。修士課程で情報工学を学んでいる

卯田《うだ》姫香《ひめか》
他者の不幸が好物という、もと『夢売り』

伊集院《いじゅういん》周五郎《しゅうごろう》
私立未来世紀大学の学長。植物学者

タエちゃん
私立未来世紀大学『おばちゃん食堂』のおばちゃん

夢探偵フロイト

―アイスクリーム溺死事件―

Dream Detective
Freud

Case file No. 4 : Drowning in Ice Cream

――繰り返し夢に見る風景がある。
それは生まれる前にいた場所か、
それとも、生まれ変わってから行く場所だろうか――

プロローグ

シンデレラより白雪姫。ラプンツェルより眠り姫。

姫君たちは死と隣り合わせにいるほうが、何倍も可憐《かれん》で輝いて見える。私たちだってそれは同じだ。望まないのに大人になって、体や心を誰かと分かち合う前に、義務や仕事や対人関係で魂を削られてしまうより前に、美しいまま逝って伝説になりたい。

何年かあと、学校のみんなが仕事に追われ、家庭を持って疲れ果て、醜い大人になったとき、あなたは光り輝く少女のままでいられるんだよ。みんなが思い出すのは今のあなたで、誇り高く、純潔で、他人に浸潤されてもいない。自分だけの魂を持ち、自分のための自分でいられた頃の姿がみんなの記憶に残るんだよ。

――そうだよね……死は甘美で静謐《せいひつ》なもの。死ねば永遠に十六歳のまま――

体育館の裏側は小松菜畑へ続いていて、白いかまぼこ型のビニールハウスが立ち並ぶ。学校と畑の間に用水路が通っていて、あぜ道に夏草が生い茂っている。名もない草は尖《とが》った葉っぱに穂を吹いて、猫じゃらしとかススキとかの花になるまで見分けが付かない。学校という箱で集団栽培されている私たちと同じだ。でも、いま、あなたは集団栽培の箱を抜け出し、伝説となって生き続けるの。

風に吹かれて夏草は、唄うかのように揺れている。

あの子のスカートが風をはらんで、細長い足に虫刺されの痕が見え隠れする。

――メガネを外して――

私が言うと、あの子は素直にメガネを外した。おでこのニキビが赤くなっていて、あの子はそれを気にしたけれど、『死んだらたぶん白くなるから、それよりも、閉じた睫《まつげ》のボリュームと、唇の赤さが大切なのよ』と私は言った。でも安心していいよ。マスカラとリップを持ってきたから。

草むらで、あの子の睫にマスカラを塗る。

――目尻だけ少し濃くするね。そのほうがきれいに見えるから。リップは薄いピンクにしたよ。あまり赤いといやらしいから――

あの子は酔った表情をしている。クソみたいな人生を伝説に変えられるのが嬉《うれ》しいんだと思う。だって大人になるのは怖い。そうだよね？　私がここで見守っている。夏草の中でオフィーリアみたいに眠るあなたが、きれいなうちに見つかるようにしてあげる。小松菜のハウスを傷つけて、おじさんがここを見るようにするからね。

細い手首を切るのなら、カッターナイフより銀のナイフが相応《ふさわ》しい。

けれど私たちに買えるのは、文房具か、庖丁《ほうちょう》程度だ。

草むらに跪《ひざまず》き、あの子はカッターを手首に当てる。少しだけ血が出たけれど、それで満足してはダメ。命はけっこうしつこいよ。伝説になるのは難しい。痛みは甘美。痛みは代償。白雪姫は毒を食べ、眠り姫は糸巻きのつむで指を刺す。私は最後までここにいて、あなたの勇敢さを見届ける。

あの子は前歯で唇を噛《か》む。カッターを押し当てて、「うっ」と一気に引いたとき、肉の割れ目に脂肪が覗《のぞ》き、ドクドクと血が溢《あふ》れ出た。それは夏草の合間に散って、見る間に赤い蛇になり、用水路に落ちて流れていく。あの子はもう片方の手首も切った。それから目の高さに両腕を上げて、『これで死ねる?』と私に聞いた。ドクドクドク……ドクドクドク……命が噴き出す音なのか、それとも私の鼓動だろうか。赤い蛇がニョロニョロ出てきて、私はだんだん怖くなる。

本当によかったのだろうか。今ならまだ間に合うのではないか。

寒い……と彼女はつぶやいて、草むらに横たわる。汗で額に髪が貼り付き、顔は紙みたいに真っ白で、『寒い。痛い』と私を見上げる。ああ、そうか。体を温めているのは血液なんだ。それがみんな外へ出て、人は凍えて死んでいくんだ。ぼんやりと、そんなことを考えた。あたりは赤い蛇だらけ。私は突然怖くなり、這《は》いつくばって蛇を追う。あの子の体に戻したいけど、蛇はどんどん湧いてくる。あの子の体を抜け出して、用水路へと逃げて行く。

やめて、戻って。やめて、戻って。

全身の血が抜けて、あの子はミイラのようになる。

眠り姫じゃない。まるでミイラだ。


「……！」

声にならない叫びを上げて目を開けた。早鐘のように心臓が打ち、びっしょり汗をかいていた。室内は暗く、天井もぼんやりしている。何時だろうと窓を見たけど、遮光カーテンは黒いばかりで、夜が明けている気配もなくて、空調の音だけが静かに聞こえた。

起き上がって、卯田姫香《うだひめか》は額に手を置く。

眉の下を強く押し、頭蓋骨のかたちを探った。

目の前で逝った友人の顔が、瞼《まぶた》の裏に貼り付いている。せっかくマスカラを塗ってあげたのに、あの子は目を見開いたまま事切れた。それは、たぶん、今際《いまわ》の際《きわ》に生きたいと望んだせいかもしれない。勢い余って死ぬ気でも、魂が肉体を離れる瞬間に、人は生に執着するのだ。姫香はそう思っている。死ぬ時になってようやく人は、取り戻せないものに意識がいくのだと。

　私はいいことをしたはずだ。怖くて逃げてしまったけれど、ビニールハウスはちゃんと破いたし、夏草をかき分けて死体が見えるよう配慮した。額に乱れた髪の毛は……直してあげることができなかった。本当は胸の上で手を組ませ、両足を揃《そろ》えてスカートを直し、草むらで眠っているようにしておいてあげるはずだった。けれど死体は予想外の変化を起こして……そんなこと、知らなかったんだから仕方がない。

　生きている人間は全身をどんなにコントロールされているのか、それがなくなったらどうなってしまうのか、知らなかったんだから仕方がない。あの子はあまりにも素早く余所余所《よそよそ》しい姿に変わった。それは思っていたよりも、ずっと、ずっと、生々しかった。取り返しのつかない人生が、足下に転がっているのは怖かった。

「……なんで今さら……」

　目を閉じたまま、頭蓋骨に空いた眼窩《がんか》のかたちをなぞっていった。窪《くぼ》みに指を入れて眼球の丸さを確かめてから、姫香は闇に目を開く。何分寝られたことだろう。

「もう疲れた……眠れないのよ……なんとかしてよ」

　布団を抜け出してパソコンを立ち上げた。

　ホームページで確認すると、私立未来世紀大学の秋学期はすでに始まっている。

　私をこんな目に遭わせた奴《やっ》らは、構内にあるヤブヤブの森で、呑気《のんき》に日々を送っているのだ。みすぼらしいプレハブ小屋の研究室で和気藹々《わきあいあい》と夢の研究を続けているに違いない。私はこんなに苦しんでいるのに。

クリックして『職員・教員の紹介ページ』へ飛んでみた。

モニターに浮かんだのは端整な顔つきの男だ。髪は長めのフェザーマッシュで、吊《つ》り目に洒落《しゃれ》た色合いのロイドメガネをかけている。

風路亥斗《かざみちかいと》は、神経心理学、社会心理学、文化情報論の教授で、夢科学研究所の所長だ。少し前、姫香はこの男に捕まって、警察に突き出されたのだ。

「ぜったいに、責任取ってもらうから」

風路教授の黒い眉、大きくて吊り上がった目を睨《にら》んで言った。

私の人生を返してもらう。

記憶の彼方《かなた》へ飛ばしてしまったはずの夏の日が、姫香の胸に迫っていた。

1　招かれざる客

　大学四年生の城崎《しろさき》あかねは、私立未来世紀大学の図書館で、積み上げた書籍に埋もれていた。

　とうとう始まった秋学期。卒業論文の研究や実践に移らねば、三月までに成果を上げることはできない。あかねはいま、足かけ四年をかけて自分が何を学んできたかという、神様でも答えるのが難しそうな問題に直面しているところだった。

「ヤバい……眠くなる……すぐ眠くなる……」

　芸能文化史論、祭りと芸能、文学に於《お》ける虚構、エトセトラ、エトセトラ。専門書をいくら積み上げても、講義で理解不能だった事柄を論文にまとめるなんてできない。指導教員に相談したら、疑問を持つことからはじめるとよいとアドバイスをもらったけれど、あかねが疑問に思う程度のことは論文にするまでもなく答えが出ている。

「単位は取れそう。あと少し……でも論文がある……論文がある……」

お呪《まじな》いのようにつぶやいてみても、頭はちっとも働かない。自分の頭はまるで初秋の早朝みたいだ。脳を勉学に使おうとした途端、川霧が立ち上って視界を覆う。そのあとは、靄《もや》の中を手探りでウロウロするばっかりで、発見もなければ閃《ひらめ》きもない。そしてすぐに眠くなるのだ。

——思うにこれは、脳がゆで上がった状態である——

大学ノートに書き付けて、自分自身が嫌になり、あかねは大きなため息を吐《つ》いた。

これじゃダメだよ。なにか疑問を探さなくっちゃ。

テーブルに肘《ひじ》を突き、両手で頭を抱えたとき、パッとかすかな閃きを感じた。

足りない単位を補うために、あかねは春学期から夢科学研究所を手伝っている。そこでは眠っている間に見る夢の研究をしていて、運営しているホームページに寄せられた夢のエピソードを映像に起こしたり、悪夢の原因を探ったり、解決したりというような、とんでもない研究に取り組んでいる。閃きは、せっかく夢科学研究所にいるのだから、夢に関する論文を上げたらいいじゃないかというものだった。

「そうだよ。なんでそれに気がつかないかな」

思わず声に出してから、あかねはノートで口を覆った。

テーマは決まった。

では次に、疑問を拾い出さねばならない。

そして再び頭を抱えた。今度は疑問が多すぎるのだ。どうすればいい？

あかねはキュッと唇を結んで、浮かんだ疑問を書き出した。

・夢を見るのは人間だけ？　↓NO

お祖母《ばあ》ちゃん家のケンシン（柴犬《しばいぬ》）が夢見て吠《ほ》えてた。

「うわ、ダメじゃん」と、自分に言って書き換えた。

・夢を見る動物と見ない動物。↓植物も夢を見るのか？

いい感じになったと思う。この大学の学長は植物学者だ。たいていは庭師の格好で構内の植物をいじっているから、学長と話せば植物の話を聞けるはず。

でも、人文学部の研究テーマとは微妙にずれているような気がする。

あかねは二本線でメモを消す。

・夢はどこからやってくる？

それはフロイトこと風路教授が長年研究していることだ。数ヶ月で推論できる問題じゃない。

・他人の夢を見ることができる？

夢化学研究所には情報工学を学ぶ大学院生がいて、夢を可視化する作業に取り組んでいる。

その話を初めて聞いたとき、あかねは凄《すご》さに興奮した。

当初あかねが想像したのは、睡眠中の被験者の頭に装置を取り付け、被験者が見ている夢をリアルタイムでモニターに投影するというようなものだった。けれど実際はそうではなくて、綿密で緻密なリサーチに基づいて被験者の夢を逐一再現画像に起こすという、地道で気の遠くなるような作業だった。『装置で夢を引き出すことなんか、できるわけないだろ』と、引きこもり気質の先輩は言った。そうなのかな？

（でも、まって……）

今度は口の中だけでつぶやいて、頭を掻《か》いた。

脳は脳波を出すわけだから、できないと決めつけなくてもいいんじゃないかな。閃きに閃きが重なって、あかねは即刻ノートを閉じた。財布を出して、貯《た》めこんだ寮食券の枚数を確認し、図書館内の時計を見上げた。午後二時三十分。構内の『おばちゃん食堂』が閉まるまで三十分しかない。

図書館を飛び出して学食がある棟へと向かう。

一日に一人が購入できる梅干しの上限三粒を買ってラップに包み、ビニール袋に入れて学食を出た。おばちゃん食堂の梅干しは、学長の梅園で実る大粒の豊後《ぶんご》を使っておばちゃんたちが手作りしている。ただ酸っぱいだけじゃなく旨《うま》みがあって、時々無性に体が欲する逸品だ。

あかねの先輩大学院生は『ヲタ森』と呼ばれるパソコンオタクで、寮費を滞納して寮を追い出されるのを繰り返すうち、今ではほぼ夢科学研究所に住み着いている。研究所内の高価な電子機器のほとんどが彼の私物で、プレハブの研究室に布団を持ち込み、シンクで洗濯して屋外に干すだけでなく、キャンプさながらにヤブヤブ森で薪《たきぎ》を拾って、ブルーシートの下で調理までする。

だから研究所へ行くときは、あかねもフロイトも必ず飲み物を持参する。シンクで洗うのはパンツだけでなく彼自身ということもあるからだ。ヲタ森の好物はおにぎりで、具材は梅干し一択だ。おばちゃん食堂の梅干しを世界一と称《たた》えつつ、その種を割って天神さんを食べる時を至福としている。

三粒の梅干しは、ヲタ森に献上する『袖の下』だ。


未来世紀大学には広大な庭があり、バラ園の近くに巨大噴水があって、その先に冬期避難用の回廊が、庭を囲むように延びている。回廊は購買会のショップや食堂のある棟から本館の学習棟へ続いていて、真冬に寒風をよけながら行き来できるようになっている。内部は風通しが悪くて蒸し暑く、入ったら最後途中で抜け出すこともできないのだが、途中に一箇所だけある切れ間からしか森へは行けない。

あかねは慣れた様子で回廊を進み、途切れた隙間《すきま》から森へ入った。

大学が構内拡張のため買収し、そのまま手つかずになっている森は、各種の雑木が繁茂して、所沢の自然林をそのまま保存している状態だ。足下にはクマザサが生え、蔓性《つるせい》植物のせいで薄暗く、しつこいヤブ蚊が生息している。研究所への道も整備されているわけではなくて、通る場所だけが踏み潰されてできた獣道だ。外灯がわりにソーラー充電器内蔵の安いガーデンライトを買ってはみたが、木が茂りすぎていて何の役にも立たなかった。

　この森には死んだ大学教授の幽霊が出るという噂《うわさ》があって、学生たちが『幽霊森』と呼んでいる。幽霊は白衣を纏《まと》ってメガネをかけて、木の下に佇《たたず》む姿が目撃される。あかねが見たのはフロイトにそっくりで、フロイト自身は自分のお祖父《じい》さんにそっくりだと言っていた。彼のお祖父さんはこの大学の教授でもなければ、自殺したわけでもないらしい。幽霊は夜だけでなく昼にも出るし、「うらめしや」と訴えることなく、ニコニコと微笑《ほほえ》みながら光の中にいたりする。ビジュアル的にはイケメンだけれど、得体の知れないものではあるので、独りの時には会いたくないと思っている。

　飛行機のように両腕を広げ、上下に振って蚊を除《よ》けながら、あかねは森を進んでいく。重なる梢《こずえ》とクマザサの奥に白いものと黒いものと青いものが見えてきたら、それがあかねたちの研究所だ。白いのはプレハブの壁、青いのはヲタ森がタープ代わりに張ったブルーシートで、黒いのは巨大な配電盤ボックスだ。少し前、この森は邪悪な『夢売り』に襲撃されて、プレハブ周辺の下草や雑木を燃やされた。もともと見通しが悪かったので、火事の後片付けのとき剪定《せんてい》をして、今はプレハブの周りだけ日光が入るようになっている。その場所に立って見上げると、歪《いびつ》に円い空が見え、揺れる梢が額縁のようだ。この光景をあと何回見られるのだろうと考えて、あかねはしばし立ち止まる。

ブルーシートの下には物干し用のロープがあって、ヲタ森のパンツが揺れている。季節が秋だからなのか、洋梨やリンゴの柄のパンツが並んでいるのはいいけれど、マツタケやキノコの柄は微妙な気がした。

『入るときはノックをすること　ドアの開閉は迅速機敏に』

雨に濡《ぬ》れると剝《は》がれてしまい、もう何枚目になったかわからないヲタ森の貼り紙を見ながらノックする。いつもは「どーぞ」と声がするのに、今日は何の反応もない。ヤブ蚊を室内へ入れないように、あかねは素早くドアを開け、電光石火で入室する。テーブルとパソコンと、各種電子機器に囲まれただけの殺風景な部屋で、ヲタ森が誰かと対峙《たいじ》していた。

ヲタ森は壁一面に並べた細長い会議用テーブルにズラリと機器を載せていて、いつも複数台のパソコンを同時に操作する。普段なら寝癖頭と背中しか見えないというのに、今日は椅子を回してこちらを向いて、両膝に手を置いたまま、上目遣いに誰かを睨み付けていた。睨まれた相手はあかねに背を向け、仁王立ちになっている。襟足までの黒い髪、黒いパーカー、黒のデニムパンツにスニーカー。あかねより少しだけ背が高く、スレンダーな体をしている。

「お客さんですか？」

あかねが聞くと、ヲタ森は睨み付けた目を動かすことなく言った。

「んなわけあるか。よく見ろよ」

相手はクルリと振り向いた。化粧っ気のない顔にメガネをかけた若い女性は、一見すると親友のカスミに似ている。けれど、もちろんカスミではなくて、幽霊森に放火して夢科学研究所を燃やそうとした人物だった。

あかねは驚き、持っていた梅干しの袋をギュッと握った。

「やだ、夢売りさんじゃないですか。え？　どうしてここへ？　ヲタ森さんに用ですか？」

「あのな」

ヲタ森は呆《あき》れてうなじを掻いた。

「なんで、こいつが、俺に用があるとか思うわけ？」

「ですよねえ」

どういう顔をすればいいかわからずに、あかねは引き攣《つ》った笑みを浮かべた。

彼女の名前は卯田姫香。ネットのフリーマーケットで『夢売り』を名乗り、悪夢を売りさばいていた人物だ。売られた夢でマインドコントロールされて、罪を犯した者がいる。そのことを暴かれそうになったため、彼女は森に火を点《つ》けたのだ。

姫香は首を傾げて上を向き、不機嫌そうな口調で言った。

「風路教授に話があるのよ。あんたや――」

人差し指をあかねに向けると、次はヲタ森にそれを向け、

「――あんたに用があってきたわけじゃない」

と、ハッキリ言った。

「てかさ、どのツラ下げてここへ来られたの？　自分がやったことわかってないの？」

ヲタ森は姫香から視線を逸《そ》らさない。警戒しているのだと思う。痩身でひょろ長く、白衣が余ってぶかぶかしていて、髪はボサボサ、裸足《はだし》に赤いスリッポンを履いたヲタ森は、どう見ても強そうではないけれど、どんな状況でも、どんな相手にも、言いたいことは言う性格だ。

対する夢売りは狡猾《こうかつ》で、頭に悪意が渦巻いているらしい。あかねはちょっと考えてから、来客用の折りたたみ椅子を広げて姫香に勧めた。前に彼女が来たときも（正確にはフロイトが彼女を捕まえたときも）刑事が来るまで座ってもらった椅子である。

「立ったままでもなんですから」

あかねが言うと、

「いいよ、椅子なんか出さなくて」

ヲタ森は怖い顔をしたけれど、姫香はすまして椅子に座った。

「フロイトは講義中だし、待っていたって会わさないぞ、帰れ、帰れ」

ヲタ森を無視して足を組み、腕組みをして、優雅にあたりを見渡した。窓の向こうはヤブヤブの森。火事で枝払いをしたために、前よりは日光が入るようになった。緑色の茂みには紅葉しかけの枝もチラホラ見える。あかねは姫香に問いかけた。

「教授に話って、なんですか？」

「だー、かー、らー、ペコは――」

唇を尖らせてヲタ森が言う。丸いほっぺたと大きな目が不二家《ふじや》のペコちゃんに似ているからと、彼はあかねをペコと呼ぶ。

「――無駄に親切すぎ。俺たち、こいつに殺されそうになったのに」

「大げさね。生きてるじゃない」

姫香は笑った。

「あのなっ、森が燃えたらどうなると思うの？　自分が何をしたのか自覚もないの？おまえは俺の全財産を燃やそうとしたんだぞ。プレハブと機器だけじゃない、データも、食料も、パンツコレクションも、ついでにフロイトやペコまでも！」

「私たち、パンツのついでなんですか」

あかねは呆れた。

「話の要点、そこじゃないだろ」

「でもヲタ森さん、先《ま》ずは夢売りさんから用件を聞かないと」

「俺は忙しいんだってば」

「私が代わりに聞きますよ」

「ペコが聞いて理解できるの？　そもそもこいつの話を聞いてやる義務あるの？」

「そこは、聞いてみないとわからないじゃないですか」

「他人をコントロールすることに至福を感じるイカレ野郎だぞ」

「女性ですから野郎じゃないです」

「だから要点はそこじゃ」

「私抜きで話すの、やめてくれない？」

とうとう姫香がそう言った。

「私は教授と話したいのよ。あんたたちじゃなく」

あかねとヲタ森は視線を交わす。

窓の外では森が揺れ、葉っぱが舞って網戸を叩《たた》いた。

「お茶も出してくれないの？」

図々《ずうずう》しくも姫香が言うと、ヲタ森は小鼻の脇をピクつかせ、椅子をクルリと回してしまった。最近熱心に取り組んでいる『植物の三次元データ化』を進めるつもりだ。

「お茶は……一応は、出せるんですけど……」

自分の椅子を引き出しながら、あかねは言った。バッグを椅子に、梅干しの袋はテーブルに載せる。

「あのシンクでヲタ森さんがパンツ洗ってるけど、いいですか？」

姫香は眉間に縦皺《たてじわ》を刻んでシンクを見た。

シンクは広めで給湯器がついていて、時々は風呂代わりにもされている。ヲタ森は身長があり、どこをどう折り畳んだらシンクに入れるのか不思議だが、深く想像したくもないのでそのままにしている。

「ここって全てがクレイジーなの？」

凄い形相で姫香は言って、「お茶はいらない」と、付け足した。

「それがいいと思います」

「使ったらきれいに磨いてる。文句を言われる筋合いはないね」

寝癖頭の向こうでヲタ森が言う。

「磨いたとかきれいとかいう問題じゃないんです。食べ物を扱う場所でパンツ洗ったり……を洗ったりするのが問題なんです。倫理上の話です」

ヲタ森は振り向いた。

「ペコのくせに倫理上の問題とか、難しいこと言うようになったんだ」

「だからヲタ森さんはっ」

拳を振り上げたとき、ヲタ森はビニール袋に気付いてこう訊《き》いた。

「なにそれ、梅干し？　おばちゃん食堂の？」

「あ、そうだった」

あかねはようやく梅干しを買ってきたことと、その理由を思い出した。

「実はヲタ森さんに相談があって……」

卯田姫香は呆れて盛大なため息を吐いた。


再びドアがノックされ、フロイトが颯爽《さっそう》と入ってきたとき、中央に置かれたテーブルの前に椅子を並べて、姫香とあかねとヲタ森が、揃って入口を睨んでいた。

「わ、驚いた」

ドアを閉めてフロイトは言い、メガネを上げて姫香を見た。

「……きみは」

「夢売りですよ」

梅干しの種をカラコロ言わせてヲタ森が言う。

「フロイトに話があって来たみたいですけど、俺は、絶対、許しませんから。こいつのせいで三つもらえる梅干しが、たった一粒になったとか」

「言ってる意味がわからない」

フロイトは訝《いぶか》しそうに目を細め、ハンガーに掛かっている白衣を纏った。

「ヲタ森さんに相談があって、おばちゃん食堂で梅干しを三つ買ってきたんですけど、お客さん抜きで食べるのもあれだから、三人で分けたんです」

「俺のために買ってきたのを、なんで分けなきゃならないの？」

「一つ食べたんだからいいじゃないですか」

「全然よくない。みんなで食べたら、俺のためじゃ全然ないじゃん」

二人の隣で姫香はまだ梅干しを楽しんでいる。指でつまんで少しずつ味わっているのだ。

「それがどうして一列に並んで入口を見ていることになるんだ？」

鼈《べっ》甲《こう》細工のロイドメガネを中指で持ち上げ、フロイトは自分のデスクへ歩いて来た。フロイトのデスクも部屋の中央にあり、三人はそれに背中を向けるかたちで、まだ入口を向いている。

「フロイトを待っていたんです。そいつの顔は見たくないから作業を進めようと思ったんだけど、モニターを覗かれて、あれこれ言われるのも腹が立つから」

「向かい合うと喧《けん》嘩《か》になるから、私が椅子を一列にしたんです――」

あかねが真ん中に座っているのはそのせいだ。

「——二人とも子供みたいなんですよ、ちゃんと話せばお互いに理解し合えるかもしれないのに」

「なんで俺がこいつを理解しなくちゃいけないの？　バカなの？」

「バカって言う人がバカなんですよっ」

「風路教授も大変ね」

姫香はクールにフロイトを見上げた。

「本当にここで夢の研究なんかしているの？　助手の二人はお笑いコンビみたいだし」

「あのな」

と、立ち上がりかけたヲタ森を、フロイトは手のひらで黙らせた。

「卯田姫香くん。用件を言ってくれないか」

姫香は官能的に唇を尖らせて、指先で梅干しを弄《もてあそ》びながら気怠《けだる》げに言った。

「責任とってもらいにきたの」

ヲタ森が前のめりになるのを、またもフロイトは視線で制した。

「責任？　ぼくに何の責任が？」

姫香は俯《うつむ》き、組んだ足の先をブラブラさせる。

「風路亥斗教授のせいで、あたしに罪悪感が生まれたの。悪夢にうなされて眠れなくなったのよ。なんとかして」

フロイトは椅子を引いてきて姫香の斜め向かいに座った。対してあかねとヲタ森は、どちらからともなく椅子を漕《こ》いで姫香から離れた。フロイトが誰かのはす向かいに座るとき、それは心理カウンセリングを始めるしるしだ。助手は妨害しないよう、クライアントの視界から外れる必要がある。

「うなされるほどの悪夢は問題だね……たとえばどんな？」

フロイトは静かに訊《たず》ね、テーブルに手を置いた。そして自分のパソコンから診断用ファイルを呼び出した。姫香に横顔を向けてファイルに文字を打ち込んでいる。卯田姫香、夢売り、と打ち込んだのかもしれないが、あかねの位置からはモニターが見えない。それはもちろん姫香も同じだ。姫香はわずかに姿勢を正したが、すぐにふてくされた表情になり、種を舐《な》めながら天井を見上げた。

「高校時代の友人の夢とか？」

他人事《ひとごと》のように言う。フロイトはモニターを見つめて頷《うなず》いた。

「その友人が悪夢に出てくる？」

「自殺したのよ。死んだシーンをそのまま見るの」

フロイトは吊り気味の大きな瞳を姫香に向けた。

彼女が夢売りだったとき、あかねたちはその正体を調べ、『P臭《ピーしゅう》』とあだ名をつけられて学校の裏サイトに悪口を書き込まれる存在だったことを知った。趣味はイモムシ潰しや動物虐待、実験用アルコールを給食の牛乳に混ぜて同級生に飲ませたとか、山ほどの悪い噂の中に、体育館の裏で自殺した女子生徒の死を主導したのがP臭だという話もあった。その子がP臭のパシリだったというのが噂の根拠だ。

「死んだシーンをそのまま見た……か」

フロイトは姫香の言葉を反芻《はんすう》し、またゆっくりと頷いた。繰り返し訊く。

「死んだシーンをそのまま見たの？」

姫香の視線が天井で止まる。答えはなかった。

「卯田姫香くん。きみは友だちが亡くなったとき、近くでそれを見ていたってこと？」

姫香は下唇の内側を嚙む。好戦的な目をしているが、そこに浮かんでいるのは悲しみの色だとあかねは思う。あかねも、ヲタ森も、じっと姫香を見守っている。

コツコツと、研究所の窓をつがいのトンボが叩いていく。

「見た」

吐き捨てるように姫香は言った。

「だって約束だったから。あたしが死ぬのを見届けて、きれいなうちに発見させてあげるって」

フロイトが黙っているので、姫香はムッとしたようだ。

「なに？　あれはホントに自殺だよ？　あたしが殺したわけじゃない」

「でも夢に見る。そしてその夢は怖いんだよね。何が怖いの？」

「何がって……」

フロイトは小首を傾げて先を促す。

「見届けるためにそこにいたなら、友だちが死ぬことは知っていたはずだ。きみは自己犠牲を払ったわけで、怖がる必要なんかないだろう。それとも、想像とは違ったか。実際に人が死ぬのは怖かった？　虫や動物を殺すのとはわけが違うから」

姫香は強く唇を噛む。

あかねは自分がフロイトに責められているような気持ちになった。

人が死ぬのは誰だって怖い。なのに、死んでいくのを見るなんて、そんなの怖くて当たり前だ。夢売りが何をしたかはさておいて、純粋に姫香に同情していた。

「別に……死は死だし……ただそれだけのことじゃない」

「ではどうして悪夢なのだろう。しかも、うなされるほどの悪夢とは」

「最初から言ってるじゃない。風路教授が悪いんだ。あたしに、あんなこと言うから……」

フロイトは眉をひそめた。

「ぼくが？　きみに？　何を言った？」

「あたしは神になれないと。誰を操っても、手玉にとっても、神にも人にもなれないと。あた……あたしがなれたのは、悪意と暴力で武装しただけの小さなモノに過ぎないって……あたしは病気？」

フロイトが姫香にそう言うのをあかねも聞いた。ヲタ森も、だ。聞いていた。放火した姫香を捕まえたとき、『きみは治る』と、そう言った。

姫香は「ふんっ」と鼻を鳴らした。

「風路教授が呪いをかけた。だからあたしは悪夢を見るの。あの子の手首から出る血はね、蛇になって用水路へ逃げて行くのよ。あたしはそれを捕まえて……」

「友だちの体に戻そうとする？」

姫香はプイッと横を向く。フロイトは眉をひそめて、

「そうか……きみは……」

何かに気付いたように身を乗り出した。

「助けたいのに、できないんだね。罪の意識に苛《さいな》まれて目を覚ます。それは悪夢だ。たしかにね」

姫香が拳を握るのを、あかねは黙って見つめていた。

「いつも同じ夢なのかい？」

「それは昨夜見た夢で、いつものは、もっと……」

フロイトは眉をひそめた。

「もっと……なに？」

「もういい。なんでもない」

姫香は不意に立ち上がり、床に放ってあったリュックを拾った。

「とにかく責任は取ってもらう。明日も来るから」

「は？」と言ったのはヲタ森だ。

「なにしに来るの？　言っとくけど、うちは心療内科と違うから。フロイトに医者を紹介してもらってそっちへ行けよ。聞いてんのか、おい」

ヲタ森をギッと睨み付けてから、姫香は出ていった。

バン！　とドアが閉まったとき、

「どんだけだよ」

と、立ち上がってヲタ森は吠えた。

「言いがかりも甚だしいな。フロイトもあんなの相手にする必要ないのに。そもそも……」

「いや。けっこう深刻な問題かもね」

フロイトはつぶやいた。

「ヲタ森は彼女の目を見たか？　怯《おび》えていたろう」

「もともとああいう顔なんですよ。どのツラ下げてここへ来れるの？　図々しいの？」

「助けて欲しかったんじゃないですか？」

座ったままであかねは言った。

「なんか、そんな感じに見えました。口では強がり言っていたけど、相談できる相手もいないとか」

「自業自得だろ。すべてあいつの性格が悪い」

「どの口が言うんですか」

「オレのクチ」

ヲタ森はガリッと音を立てて梅干しの種を割り、中にある仁を拾って食べた。それから椅子を元に戻して自分のパソコンに向き直る。そうさせてたまるかと、あかねはヲタ森の椅子を引き寄せた。もっと力がいると思ったのに、ヲタ森の痩軀《そうく》は軽く、椅子と一緒に床を滑って、フロイトの足で止められた。

「俺はオモチャか」

と、ヲタ森が叫ぶ。

「すみません。思ったよりも滑りがよくて」

「今朝、キャスターに油を挿したの。みんなの椅子も挿しといたの」

ガラガラーっと床を滑って、ヲタ森はまた壁際へ行く。

「私の話も聞いてもらいたいんですけれどっ」

フロイトが来る前に相談するつもりだったのに、姫香のせいで予定が崩れた。あかねはバッグからノートを出して、ヲタ森の背中に訴えた。

「卒論のテーマなんですけど、せっかくだから夢についてまとめようかなって」

「へー」

ヲタ森は気のない返事をしただけだ。フロイトは自分のパソコンを操作して、作業を始めているようだ。あかねはヲタ森に近づいていき、声のトーンを一段落とした。

「脳は脳波を出しているじゃないですか」

「そうねえ、だから？」

「それって電波でテレビが見られるのと同じだと思うんですよ」

ヲタ森は振り向いた。

「ペコは何を言いたいの？」

「つまりですね、電波でテレビが見られるのなら、脳波で夢も見られるんじゃないかと」

「普通に当たり前のことじゃんか。身体機能のすべては、自分が意識していないところまで、全部脳が司《つかさど》っているんだぞ？　死人は夢を見ないって証明しようとか、そういうこと?」

「そうじゃなく、うーん……ええと」

ヲタ森に言葉をかぶせられないように、両手を広げてブロックする。せっかく考えをまとめているのに、茶々を入れられると言葉が出てこなくなってしまうから。

「つまりですね。私が前に言ったみたいに、頭にかぶせて、その人がどんな夢を見ているか、わかる装置ができるんじゃないかと——」

ヲタ森は厭《いや》そうな顔で首を傾げた。

「——脳波を調べるとか、そういうので……頭が電波で、モニターがテレビになるっていうか……どうやればいいか、わからないけど」

馬鹿にされると思ったのに、ヲタ森は何も言わない。しばし考える素振りをした後、その目はあかねを通り越してフロイトに向かった。

「面白いね」

そう言ったのはフロイトだ。彼は立ち上がってあかねたちのそばへやって来た。

「たしかに。発想の転換ですよね。夢そのものではなく、夢を見ているときの脳波を調べる」

「睡眠中の脳波を調べる実験はすでに行われているけれど、視覚に結びつけるという発想は新しい」

「ものを見ているときの脳波を測定してデータを蓄積していけば、脳波のパターンから映像を引き出せるかもしれないということですね」

「そうだ。確かに可能かもしれない」

あかねを差し置いて、二人で話を進めていく。

「何を見たときどうなるか、視覚は複雑な情報を処理しているわけだから、ときに……」

「色、かたち、質感、明度に彩度……ああ、そうか。コンピュータで画像処理するときの情報程度が引き出せればいいってことかな」

「できそうか？」

「お任せを」

「え……ちょっと、教授、ヲタ森さん」

二人を交互に見ていると、フロイトがポンと肩を叩いた。

「あかねくん、とても面白い発想だと思う。夢を脳波から直接画像にするなんて」

「だからそれを卒論に」

「いいね、ぜひ、やってみたまえ」

フロイトは脇をすり抜けてヲタ森の背もたれに手を置いた。頭と頭をくっつけて、二人であれこれ話している。あかねはしばらく後ろにいたが、完全に二人の世界から締め出されてしまったので、テーブルに戻って自分のパソコンを立ち上げた。

――夢を見ますか？


あなたはそれを覚えていますか？

繰り返し見る同じ夢がありますか？　忘れることのできない夢は？

ここは夢を集めるサイトです。夢を可視化するプロジェクトを進めています。

あなたが見た夢の話を聞かせて下さい。


私立未来世紀大学・夢科学研究所――


夢科学研究所が運営するサイトに寄せられる情報の整理と検証、ホームページへの掲載と投稿者への返信などがあかねの仕事だ。

フロイトとヲタ森が話すのは専門用語ばかりで、日本語を聞いている気がしない。

窓の隙間から秋風が吹き込んで、キノコと落ち葉の匂いがする。落ち葉で焼き芋を焼きたいなあ……濡らした新聞紙にお芋をくるんで、それをアルミホイルでキュッと巻き、あとは焚《た》き火に放り込んだら……いつものように妄想が膨らんで、ホクホクした焼き芋のことばかりが頭に浮かぶ。

長閑《のどか》で涼しい秋の午後。夢科学研究所は平和だった。

2　頭から夢を引っぱり出す

あかねの思いつきから始まった『夢を脳波から画像に起こす』実験は、早くも翌日から試験段階に入るという。早朝、あかねがまだ爆睡しているときに枕の下でバイブが震え、寝ぼけ眼でスマホを見ると、ヲタ森からその旨のメールがきていた。

被験者が必要だから、時間が空いたらすぐ研究所へ来いというのだ。

――え　もう　装置ができたんですか?――

半分寝ながら返信すると、

――んなわけあるか――

と返ってきた。

「装置もないのにすぐ被験者が必要とか?　わけわかんない……」

枕を抱えて寝返りを打ち、再び眠りに落ちてしまった。

目覚まし時計で起こされたのは寮の食堂が閉まる三十分前で、顔だけ洗って食堂へ行くと、売れ残りのハムエッグとごはんをチョイスして、冷めかけの味噌汁《みそしる》を飲みながらヲタ森のメールを読んだ。

——脳波計とかソフトとか　ここにある装備でいけそうなんだよ　でも　肝心のデータがとれなきゃ　どうにもならない　早く来い——

午前六時半に受信している。

「六時半とか真夜中じゃん。私のこと、なんだと思っているのかな」

ブリブリしながら付け合わせのキャベツにソースをかけた。ごはんのお供にするならマヨネーズ醬油《しょうゆ》が鉄板だけど、時々はウスターソースまみれのキャベツも食べたい。

あかねの郷里は愛知だが、味付けは甘めが多いのだ。

「ああ……ハチミツ味の手羽先が食べたいなあ」

つぶやきながら、ごはんを食べた。食べるのが難しい手羽先をツーアクションで食べ切るのが地元民の誇りだ。ヲタ森さんは絶対に真似《まね》できない。そう思ったら、ドス黒い欲望がムラムラと湧《わ》いてきた。いつか手羽先でギャフンと言わせる。

食事を終えて食器を片付け、大急ぎで身支度を整えた。

爽やかな秋晴れの下、幽霊森へ向かっていくと、学長がバラ園で作業をしていた。

六月ほどではないけれど、バラ園では秋にも花が咲く。バラには四季咲きと二季咲きと春咲きがあって、秋から冬にかけても花を楽しめる種類があるらしいのだ。学長によれば秋咲きのバラは花期が長くて、一輪ごとの香りが強いのだという。

バラ園に見え隠れする学長の麦わら帽子は所々が棘《とげ》で裂け、着ているのは色褪《いろあ》せた作業着で、革のグローブと灰色のガーデンブーツが全体として肥料の袋みたいな印象を与える。学長は花壇で働く肥料の袋だ。カッコいいスーツに身を包んでいるときよりも、あかねは花壇にいるときの学長が好きだ。

「おはようございます」

バラの根元にしゃがみ込み、幹の隙間から声をかけると、ふた畝向こうに学長の顔が覗いた。

伊集院《いじゅういん》周《しゅう》五郎《ごろう》学長は左右の目の大きさがひどく違って、左目が細く、右目が大きい。大きな右目をさらに大きく見開いて、縁なしメガネの奥からあかねを見つめた。

「おはよう。風路先生のところの……」

「城崎あかねです」

「そうだった、そうだった」

バラの根元に屈《かが》んで会話を交わすと、穴に飛び込んだ白ウサギを探すアリスになったような気がする。

「私、卒業できそうです」

きっとそうなるという願いを込めて、あかねは学長に報告をした。そもそも、夢科学研究所で単位を取る方法を教えてくれたのは学長だ。その時はまだ学長ではなく庭師のお爺《じい》さんと思っていたのだけれど。

「きみのところの森本《もりもと》くんね、最近は植物学の講義によく来るよ」

情報工学専攻のヲタ森さんが、どうしてだろうと考えてから、あかねは気付いた。

「ヲタ森さんは、いま植物の三次元データを作ってるんです。だからじゃないかな？ 自然に見える植物を３Ｄで再現するのは難しいみたいで」

「ほうほう」と、雑草をむしりながら学長は言った。

「たしかにね。それができれば欲しがる企業は多いだろうね」

「そうなんですか？」

麦わら帽子がヒョイと動いて、学長は、大きさの違う両目を細めた。

「そりゃそうさ。何もない世界に自然の木を生やすんだよ？ そんなソフトが開発されたら、ゲーム、建築、デザイン……世界中のクリエイターが欲しがるだろう」

ビックリしてあかねは胸が震えた。あの自己中で引きこもりで協調性がなくて、梅干し好きでケチで意地汚いヲタ森さんが、世界中のクリエイターから絶賛される？

彼がそれをしている理由は、ただ『俺がやってみたいから』なのに、狭くて貧弱なプレハブ小屋から、なんだかわからないけど凄いものが生まれようとしているなんて。

「夢科学研究所って、もしかして凄いところだったんでしょうか」

学長は立ち上がり、バラの根元にガーデンブーツだけが見えた。あかねも立ち上がったが、背の高いバラの向こうに見えるのは、学長の麦わら帽子だけだ。

「大学や研究所は場所と機会を提供するだけで、本当に凄いのは、そこで学んでいる君たちなんだよ」

再び学長はしゃがんでしまい、あかねはバラ園をあとにした。

かえすがえすも残念なのは、ここが学び舎《や》であることを今さら実感している自分だ。入学当初に夢科学研究所を知っていたなら、大学生活はどれほど充実していただろう。残りわずかになってから、ようやくそれに気がつくなんて。

いつしか空は高くなり、見上げるさきにはウロコ雲。

吹く風の冷たさや虫の声に淋《さび》しさを感じるあかねであった。

夢科学研究所のドアをノックすると、

「どうぞっ」

と、ヲタ森の不機嫌すぎる声がした。

好き勝手に呼び出して、私が飛んで来ると思う方がおかしい。ムッとしながらドアを開け、素早く入ってドアを閉めると、不機嫌の元がこちらを向いて座っていた。

「ヲタ森さん、遅くなって……えっ」

あかねは思わず奇声を上げた。

「よっ」

と姫香は片手を挙げて、組んだ足をブラブラさせる。

「夢売り……ていうか、卯田姫香さん。どうして今日もいるんですか？」

「何度も同じことを聞かないでよ。責任とってもらうって言ったじゃないの」

「フロイト教授に、ですか？　え？　昨日、話はついたんじゃ……」

ヲタ森は背中を向けたまま、指先をピコピコさせてあかねを呼んだ。

ドアの前にいる姫香の脇を通って、あかねはヲタ森のそばへ行く。

「ペコは遅すぎ」

不機嫌極まりない声で言う。

「だって、メール来たの六時半ですよ、普通はまだ寝てますよ」

「最初のは五時四十三分だ、ボケ」

「バカの次はボケですかっ」

「シッ」

ヲタ森は会議机に肘をつき、小指の先で頭を掻いた。

「ペコと思って入れちゃったじゃないか」

「ていうか、ここって鍵掛かりましたっけ」

やはりこちらを向きもせず、ドアを睨んで姫香が言った。

「ノックしたら、あんたが『どうぞ』と言ったんじゃない」

「だからペコと間違えたんだって」

「ノックだけだと誰が来たのかわかりませんもんね」

あかねも納得して言った。

「あ、そうか」

ヲタ森は立ち上がってプリンターの前へ行き、A3のプリント用紙を持って来て、黒いマジックでこう書いた。

『入るときはノックして声をかけること　ドアの開閉は迅速機敏に』

それから赤いマジックで『声をかける』の部分に傍線を引いた。ドスドスと姫香の脇を通って外に出て、剝がした古い貼り紙をクシャクシャに丸めながら戻ってきた。

「明日からはこれでいく。誰か聞くから答えろよ？」

小馬鹿にしたように首をすくめて、姫香はプイと横を向く。

「あのな、ここは大学の研究室だぞ。部外者が自由に出入りできると思ってんの？」

「まあまあ、ヲタ森さん」

あかねはヲタ森の白衣をつまんで引き戻し、自分もハンガーの白衣を纏った。

白衣が二枚しかなかった夢科学研究所は、秋学期に合わせて真新しい白衣が支給されてきた。その一枚は女性用で、フロイトがせっかくあかねのために用意してくれたのに、放火されたとき火を消そうとしてボロボロになってしまったのだ。だからあかねはフロイトのお下がりを使っている。

よれた白衣に袖を通しているとき、不意にその悔しさが思い出された。

「卯田さん」

ふてくされた背中に呼びかけると、返事の代わりに振り向いた。

「私たち、まだ謝ってもらっていません」

ヲタ森が顔を上げてあかねを見る。

「なんのこと？」

「研究室を燃やそうとしたことです。卯田さんがどういうつもりだったかは知らないけれど、もしもヲタ森さんが濡らしたシュラフで火を消さなかったら、研究所も、ヲタ森さんやフロイト教授が一生懸命にやってきた研究成果も、全部燃えていたかもしれないんです。あのとき卯田さんは、本当に、私たちを燃やしてしまおうと思ったんですか？」

「今さら言いがかり？　何も燃えなかったし、誰も死ななかったじゃないの」

「私の白衣が燃えました。やっと新しいのをもらったばっかりだったのに」

「悪かったわね」

「ヲタ森さんのシュラフだって使えなくなっちゃったんですよ。古いけど大切に使っていたのに」

「古いは余計だから」

「ちょっと脅かそうとしただけじゃない。悪かったわよ。これでいい？」

「まっ、た、く、反省の色を感じないんだが」

ヲタ森が吐き捨てる。

「ちょっと脅かされただけじゃないですよ。風が強くて、落ち葉もあって、火は一気に燃え上がっていたかもしれないんだから。たぶんですけど、卯田さんは自分がやることの結果を想像しないか、できないんだと思います」

「何が言いたいの」

「それって、よくないと思うんです。やりっぱなしの放り投げっぱで、結果、自分が傷ついているんじゃないですか」

「あたしが何も考えてないって言いたいの？」

あかねはちょっと考えて、

「ザックリ言うとそうかも」

素直に答えた。激昂《げっこう》するかと思ったが、姫香はすっくと立ち上がり、

「弁償するわよ。あんたの白衣」

床に放ったリュックをまさぐる。「あのな」と、ヲタ森が言ったとき、

「そういうことじゃなくって、ですね」

あかねは姫香の腕を取り、ヲタ森の前まで引っ張っていった。

「先ずはヲタ森さんに、シュラフのことを謝ったほうがいいと思うんです」

強制するわけでなく、ただ素直な気持ちを言葉にすると、ヲタ森をきつく睨んで姫香は言った。

「ごめん……シュラフをダメにして――」

ヲタ森は間の抜けた顔をした。

「――弁償するから」

姫香のほうはそれなりに誠実な眼差しだ。ヲタ森は首をすくめた。

「いいよ、後輩の布団をもらってきたから。寮を出るとき、みんなあれこれ捨ててくんだよ」

「それならあとは、あんたの白衣ね」

財布を出そうとするので、あかねは止めた。

「弁償しなくていいです。その代わり、研究に協力してください」

「あ？　ペコはなに言ってんの？」

　あかねはヲタ森を見て言った。

「データ取るなら被験者は多い方がいいじゃないですか。学生でもいいけれど、ヲタ森さんは、ここにあんまり人を入れたくないみたいだし」

「入れたくないどころか、入れないだろ、狭いんだから」

「だし、大がかりにやるなら研究棟を借りないとダメだから。ヲタ森さん、研究棟は苦手ですよね」

「そりゃそうだけど、夢売りだぞ、こいつ」

「それはもうやめたって言ったでしょ。今は『悪夢に悩んで夢科学研究所に助けを求めにきた一般人』よ。あなたが見た夢の話を聞かせて下さいって、サイトに書いたアレは嘘《うそ》なの」

「だー、かー、らー、そんならサイトにアクセスしてさ、メールしろって話だろ」

「ヲタ森さん。でも、私は考えたんです。強力な夢ほど強い脳波を出すんじゃないかって。卯田さんがそういう夢を見てるなら、誰か他の人を探すより手っ取り早いですよ、きっと」

「あのなぁ……」

　ヲタ森は額に指を置いて目を閉じてから、

「被験者代を請求するとかナシだぞ」

と、姫香を睨んで背中を向けた。

「請求なんかしないわよ。けど、私だって、悪夢の調査費用は払わないわよ」

「卯田さんはお詫《わ》びで協力するんですからノーサイドです。上手くいけば悪夢の原因がわかるかもしれないし、私たちもデータを取れてウィンウィンじゃないですか」

「ノーサイドの使い方間違ってるけどな」

ヲタ森が言うのを無視して、あかねはさっきまで姫香が座っていた折りたたみ椅子を引っ張って来た。その横に自分の椅子を並べると、行儀よく座ってヲタ森を見た。

「じゃ、早速やりましょう。どうやって頭から画像を取り出すんですか？」

まだ立っている姫香の袖を引き、自分の横に座らせる。

ヲタ森は雨を確かめる人のように手を挙げて、そしてガックリうなだれた。

「……ペコって幸せ者だよなあ」

「どうしてですか」

また振り返って言う。

「見事な単純思考だから」

プッと姫香は噴き出して、すぐさま知らん顔をした。

「ま、いいや。んじゃ……」

ヲタ森は立ち上がり、部屋の隅から大きな機械を引いてきた。

睡眠実験のデータを取るときに脳波を測定する装置と、付属のヘッドギアである。

ヘッドギアからは無数の配線が伸びていて、それが装置につながっている。色とりどりの配線パーツはひと時代昔の機械を思わせてスマートではないけれど、電波を飛ばすよりもずっと正確にデータを拾えるらしい。この機械につながれる被験者には、長時間座ってもストレスを受けにくい椅子が必要で、その椅子はバックヤードに、シーツでくるんで置いてある。あかねは立ち上がって椅子を取りに行く。

バックヤード、つまり研究所の物置には姫香が夢売りとして売っていた『夢』の箱もある。彼女から買った悪夢に浸潤されて怖い思いをさせられたのは、つい最近のことなのだ。邪悪な箱など見ない振りして、あかねは椅子を引き出した。

脳波測定機は一台しかないので、二人同時にデータを取れない。ヲタ森はパソコン上にあかねと姫香のデータフォルダを用意してから、真面目な顔でこう言った。

「プリンスメル、おまえが先ね」

プリンセス（姫）とスメル（香り）をくっつけてプリンスメル。

姫香が自分につけたハンドルネームだ。

「なんで卯田さんが先なんですか？」

「ペコはここの研究員だろ？　フロイトが来てないんだから、俺の助手をしてくれないと」

「あ、そうか」

言いながらあかねは訊いた。

「じゃ、卯田さんがいなくて私だけだったら、どうやって実験するつもりだったんですか？　ヲタ森さんは朝イチで来いって……」

「模擬実験を進めておく予定だったの。いいだろ？　結局、被験者が一人増えたんだから」

姫香を手招いて高価な椅子に座らせると、ヲタ森はヘッドギアを装着するようあかねに命じた。

「なんか危ない電磁波とか出ないでしょうね」

説明もなく装置をつけられて、姫香は顔をしかめている。

「これは脳波を測定する装置であって、電磁波を出したりしないの。ＯＫ？」

姫香は無言で小首を傾げる。別に反抗的な態度ではない。

この人は、なんで研究所に来るんだろう？

頭部に装置を取り付けながら、あかねは不思議でならなかった。睡眠障害を抱えた人がフロイトに助けを求めに来ることは前にもあったが、姫香の場合は罪を暴かれて警察に突き出されたわけで、フロイトを恨みこそすれ頼る理由がわからない。だからきっとフロイトが言うとおり、よほど深刻な悩みを抱えているのだ。目の前で友だちが死んじゃうなんて……。姫香によく似た親友のカスミが、もしも目の前で死んだなら、私なら、どうにかなっちゃう。想像するだけで泣きそうになる。

「ペコ？　どうした」

両目を真っ赤にしているあかねに、ヲタ森が訊いた。

「なんでもないです」

あかねは洟《はな》をすすりながら姫香にヘッドギアをつけ終えた。次にヲタ森が用意したのは、丸や三角や四角といった単純図形を描いたパネルと、赤、緑、青で塗りつぶした三枚のパネルだった。

「それで？　私は何をすればいいわけ」

唇を尖らせて姫香が訊ねる。

「なにも」

と、ヲタ森はすまして答えた。

「そこに座ってペコが出すパネルを見てろ」

「え？　これで何がどうなるんですか？」

渡されたパネルを抱えて、あかねはヲタ森に助言を求めた。

「脳波を計る。ペコが自分で言ったんだろ？　脳波から夢を引っぱり出すって」

「この図形を見ると夢が出るんですか？」

ヲタ森は大きく口を開け、下顎《したあご》を手で押して口を閉じた。

「なんですか」

「今の俺の気持ち」

それから機械に取り付いた。

「脳波を調べて、すぐさま映像に結びつくなんてことはないの。だから初めは簡単な図形を見せて、図形と脳波の関係性を調べるの」

まだポカンとしているあかねに、ヲタ森は続けた。

「丸を見たときの脳波、四角を見たときの脳波、赤色を見たときの脳波、青色を見たときの脳波……これらのデータを積み重ねていって……」

「わかった！　すごい。データを蓄積していって、次には脳波を調べると、その人がどんな図形や色を見ているか、わかるようになるんですね」

「それをモニターに表示できれば」

「頭の中の図形が見える」

と、姫香がまとめた。

「夢の研究って何をやるのかと思ったら、けっこう地道だったのね」

「あのな、普通はなんでもそうだから。天から和尚にはなれないんだから」

含蓄のありそうな言葉を吐いて、ヲタ森は背中を向けた。植物を三次元データにするためにヲタ森が積み上げている努力もそうだ。昔の魔法使いだって、魔法の仕込みに膨大な労力を積み上げていたのではないか。だとしたら、それは魔法じゃないのでは。あかねは自分の考えに満足した。

「地道でしつこいヲタク気質は、何をするにも必要なんですね」

「あたりまえ。はい、実験、実験」

ヲタ森に急《せ》かされて姫香の前に立ち、脳波のデータを集め始めた。姫香は思いのほか真剣で、その後は淡々と実験が続いた。

昼少し前、被験者を交代してあかねのデータを取っているとき、ノックがして、「ぼくだけど」と、フロイトの声がした。

「どうぞ」

ヲタ森が答えるとドアが開き、フロイトが入ってきて、ドアが閉まった。

「貼り紙、なんで替えたんだ？」

フロイトは姫香に目を止めた。

「……卯田姫香くん」

あかねに赤のパネルを掲示していた姫香は、フロイトを無視して黄色いパネルと入れ替えた。

「ストップ、ストップ」

ヲタ森が実験を止めさせる。

「今のデータは使えない。フロイトが入ってきたことに影響された可能性があるから」

集積データを削除して、休憩しようとヲタ森は言った。

「これはいったい、どういうことだ」

水色のシャツに黒いネクタイ、白っぽいパンツの上に白衣を纏いながらフロイトが訊く。それに答えるのは先輩であるヲタ森の役目だ。

「どうもこうも、今朝も早よからプリンスメルが押しかけてきて、ノックするからペコだと思って『どうぞ』と言っちゃったんですよ」

「ノックだけだとわからないんです。ちゃんと声を聞かないと」

フロイトは苦笑した。

「それは貼り紙の話だよね？　ぼくが聞きたいのは」

「なんでプリンスメルが実験に参加してるかって言うとですねえ」

「贖罪《しょくざい》よ」

姫香はフロイトの前に歩み出た。姿勢を正してフロイトを見上げ、次には大げさに腰を折る。

「放火しちゃってごめんなさい」

それからすっと顔を上げ、

「白衣とシュラフを弁償するって言ったんだけど――」

背中を伸ばしてニッコリ笑い、人差し指であかねを指した。

「――新米研究員が、実験に協力してくれればそれでいいって。というわけで、あたしは被験者になったのよ」

眉をひそめて説明を求めるフロイトに、あかねは言った。

「卯田さんの症状は深刻だと思うんです。脳波の検査をするのなら、たくさん脳波が出ていた方がいいと思って」

「ま、出たとしても悪夢を見ている時で、パネル見ている時じゃないけどな」

「あ……え？　たしかにそうですねっ」

あかねは目をパチクリさせた。

「じゃ、なんでヲタ森さんは、卯田さんが被験者になるのをＯＫしたんですか」

「してないよ。でも、こいつは帰る気ないんだし、下手すりゃ毎日押しかけてきそうな気配だし、ここにいられても作業が滞るだけだしさ」

フロイトに向けて弁明している。フロイトは自分の額に手を置いた。

「ここは来たのは謝るためかい」

「そうじゃない。知ってるでしょ？　悪夢を見るのよ、なんとかしてよ。ここはそういう研究所でしょ？　実験に協力するから、なんとかして」

フロイトはため息を吐き、椅子を引き出して、そこに座った。テーブルに片腕をかけて足を組み、姫香を見上げて穏やかに言う。

「協力するにやぶさかじゃない。でも、きみのほうに協力する気がなければ役には立てない。そうだろう？」

それはどういう意味だろう。あかねはヲタ森に助け船を求めたけれど、姫香には興味がないようで、背中を向けて集積データの整理を始めてしまった。ヘッドギア付きで高価な椅子にかけたまま、あかねは姫香とフロイトを見ていた。

「被験者で協力しているじゃない」

フロイトもまた自分のパソコンに体を向けると、フォルダを呼び出して作業を始めた。姫香はあかねの前を通って、フロイトの脇へ近寄っていく。

「教授、お願いよ……昨夜も見たの。怖い夢……このままだと……」

シュルシュルとパソコン機器が唸《うな》っている。換気のために開けた窓から爽やかな風が吹いてくる。

そのまま二人は沈黙し、姫香はギュッと唇を噛んだ。限界まで首を回して、あかねは二人の様子を探る。いくら放火犯でも、フロイトは姫香に対して冷たすぎるような気がする。表情を変えずに怒っているなら、そんなフロイトは怖すぎるし、もしも怒ってないなら、意地悪が過ぎると思う。

窺《うかが》い見る姫香の顔は苦しみと悲しみに歪《ゆが》んでいる。言いたいことと言えないこと、聞いて欲しいことと聞かれたくないこと、それらがない交ぜになって答えが出ない。あかねはそういう気持ちがよくわかる。鼻の頭を赤くして、姫香は言った。

「……あたしなんか死んでもいいって、そういうこと？　そうよね、邪悪な夢売りだもんね」

「脅しても無駄だよ。ぼくはきみを責めてはいない。悪夢を解明する覚悟が、本当に、きみにあるのかと訊いているんだ」

毅然《きぜん》としたフロイトの声に、ヲタ森までが振り返る。

姫香はまた考える顔をした。

フロイトはキーを叩いている。お祖父さんの形見のロイドメガネは鼈甲製で縁が厚いせいもあり、表情がよく読み取れない。静かな室内に姫香が息を吸う音がする。彼女は抱えていたパネルをテーブルに置き、床のリュックをひったくる。

「もういい」

吐き捨てて、出ていこうとする姫香にヲタ森が言った。

「いや、全然よくない、勝手に自分で決めるなよ。被験者になるのは贖罪で、シュラフを弁償するって自分で言ったろ？　もういいって……午前中に取ったデータどうすんだよ」

「知るか、バーカ！」

そのときだった。あかねは咄嗟《とっさ》に足を出し、姫香を邪魔して転ばせた。ヘッドギアがついているので、迂闊《うかつ》に椅子から立ち上がれないのだ。

「何すんのよ！」

「あ、ごめんなさい……つい……」

「膝を打ったわ、どうしてくれるの」

姫香は叫び、立ち上がるかわりに膝を抱き、頭を伏せると、泣き出した。

あかねは困ってヲタ森を見上げ、次にはフロイトを振り返る。

フロイトは姫香を見下ろして苦笑していた。悪人にもタイプがあって、人を騙《だま》したり陥れたりする人は自分の利益しか見ていないけれど、夢売りのそれはもっと悪質で、人を不幸にするのが面白いのだとフロイトは言った。善意の顔で近づいて、悟られないようにコントロールして、操ることに快感を感じているのだと。きみは病気だとフロイトは言い、治せるよ、と囁《ささや》いた。膝に顔を押しつけて、両腕で頭を抱えた姫香は黒い三角形のブロックみたいだ。もしかして……と、あかねは思う。彼女は、治せるというフロイトの言葉にすがって、ここへ来ているのではなかろうか。

フロイトは立ち上がり、姫香の前にしゃがんで言った。

「度重なる悪夢には原因があるんだよ。そして、多くの場合、本人は理由を知っているんだ。潜在意識に閉じ込めて知らないふりをしているか、知っているけど認めたくないのか……いずれの場合もそこへ切り込む必要があって、それをしないと改善できない」

フロイトは優しい声で、

「その覚悟はあるかと訊いているんだ」

と、もう一度言った。

「わかんない……」

と、姫香は答える。

「姫香くんは、何が怖いの？」

「……だって……」

二人が会話を続ける横で、あかねはヲタ森に囁いた。

「ヲタ森さん、ヲタ森さん、ヘッドギアを外してもらっていいですか？」

それでようやくヲタ森は、あかねが動けずにいると気付いてくれた。装置はヲタ森のオリジナルで、精密機器なので被験者が勝手に外すと怒られる。ヲタ森の細長い指が髪の毛の間を行ったり来たりして、電極をひとつずつ外していくのを、あかねは座って待っていた。その間も姫香は泣き続け、フロイトは辛抱強く話をしている。

「思った以上のかまってちゃんだな」

ヲタ森の眉間にはクッキリと縦皺が刻まれている。

「悩みの根が深いんですよ」

ヲタ森は鼻を鳴らして、ヘッドギアを取り去った。

「……続きは午後だな。プリンスメルはやる気がないし、実験はやり直しだし。俺は、最初から、どうせそうなると思ってたけどね」

「私は二時から講義で、戻って来るのは四時頃です」

「別にいいよ。俺もやることあるし」

でも六時半にはここを出て、コンビニバイトに行かないと。そう考えると、二十四時間は本当に短い。姫香はようやく顔を上げ、腕の隙間からフロイトを見た。

「生まれつき邪悪な人間は、邪悪なままで生きていくほかないんでしょ？」

姫香は静かにそう訊いた。

「生まれつき邪悪な人間なんているのかなあ」

床に座ってフロイトはつぶやく。

姫香は思い切って告白する顔になり、結局は言いよどんで、別のことを言った。

「先生のメガネ、変わっているね」

それから立ち上がって、お尻を払った。

「記憶の一番初めから、あたしは意地悪で、ヤな奴だった。根性が腐っているのよ。幸せそうな人を見るとムカつくんだもの」

「あ？　だから不幸にするってか？」

「そうよ。悪い？」

「悪いだろ、ふつぅ」

姫香はヲタ森に体を向けた。

「ふつうってなに？　ふつうって、そんなに大事？」

ヲタ森がムッとしている間に、姫香は外へ出ていった。ドアが閉まる寸前に、

「明日も来るからっ！」

と声がして、ヲタ森はただ放心した。あかねとフロイトは視線を交わし、窓の向こうを去って行く姫香の後ろ姿を見送った。

3　メルヘン街のお菓子の家

その日から、姫香は幽霊森のプレハブ小屋へ毎日通って来るようになった。ノックと同時に声をかけ、ヲタ森が妨害する前に入室してしまい、施錠して閉め出す案はフロイトが許可しなかった。大学は社会の学び舎であり、開かれた場所であるというのが伊集院学長のポリシーで、それを守るべきという判断からだ。

そんなわけで、図らずも脳波のデータは着々と収集できて、九月が終わる頃には単純図形から複雑な図形へ、カラーも白と黄色が加わるなど進化していた。

「最初がなんで赤緑青だったのかと思ったら、光の三原色からきてたのね」

パネルを見ながら姫香が言った。ヲタ森によれば視覚で認知されている色はほぼすべて、三原色とその重なり度合いで表現できるらしいのだ。

「そ。先ずは三分解のデータを取り、次には脳波を分解して色を知る」

難しい会話に入り込もうと、あかねも言った。

「ただ、夢って極彩色で見る人と、そうでない人がいるんですよね」

　自分のほうがちょっとだけ先輩なのに、難しい話題だと加われないのが、あかねは悔しい。

「俺は夢を見ない人だからよくわからないけど、色つきの夢を見る人の方が少ないいんじゃないのかな。ていうか、大抵は内容に意識がいくから、色を覚えているのは、たとえば宝石の夢とか、夕日がものすごかったとか、色彩に重点が置かれた内容の場合の気がするけどね」

「あたしは……」

　言いかけて、姫香は黙った。

「ペコの場合は色つきの夢が多いよね？」

「たしかに色つきが多いですけど、なんでわかるんですか」

「そういう顔をしてるから」

「顔で夢がわかるんですかっ、そんなら、うちの研究所は必要ないってことじゃないですか」

「ほら、すぐムキになる。ペコは頭の中が丸見えなんだよ」

「あーっ、じゃあ、言ってみてくださいよ。私がいま何を考えていたのか」

　ヘッドギアを着けているので、椅子に座ったまま言うと、ヲタ森は寄ってきてあかねを見つめ、頭の中を見透かすように腕組みをして、親指と人差し指の背で顎をつまんだ。ファッションにも身だしなみにも頓着しないヲタ森だが、よく見ると整った顔をしている。それに気付いてしまってからは、あかねは彼を直視できない。顔を背けて横目で見ると、

「見えたぞ。ペコは今、おばちゃん食堂の本日のオススメについて考えていたな？　早く行かないと売りきれるのに、実験は何時に終わるんだろうと」

「……え……すごい……え？　顔に、ですか？　それとも頭に」

うろたえるのを見てヲタ森は笑った。

「マジか、口から出任せなのに、予想以上に単細胞だな」

「ヲ、ヲタ森さんはっ！」

「実験やるよ」

部外者に言われて、ヲタ森とあかねは作業に戻った。

幽霊森のプレハブ小屋には、奇妙でちぐはぐな調和が生まれはじめていた。


午後五時過ぎになるとフロイトが事務棟から戻ってきて、書類の入った封筒をテーブルに置き、白衣を纏ってこう言った。

「お待たせ。それじゃ始めよう」

いよいよ脳波データを画像に起こす。収集したデータをコンピュータに覚え込ませて、その波形から被験者が見ている図形を推測するのだ。初めにあかねのフォルダが開かれて、データがヲタ森のソフトに送られる。

あかねと姫香は一緒にヲタ森のパソコンを覗いた。なんとなくいやな緊張感がある。×印のパネルを見ている波形でコンピュータが○印を映したら、自分は人と違うということにならないだろうか。ていうか、私はちゃんと、×を×だと認識できているのかな。実験が成功するかということよりも、あかねはそっちが気になった。

「いきますよ？」

真面目な声でヲタ森は言い、脳波を視覚再現ソフトに流した。改良を何度も重ね、単純化することで画像を認識しやすくしたという。四人が息を潜めて見守るなか、モニターに砂嵐みたいな横線が浮かび、やがて、不鮮明な×が出現した。

「あっ」と、最初にあかねが叫び、次に姫香が、

「やった」と言った。

「よし！」

フロイトも喜びの声を上げたが、ヲタ森は背中を向けているので表情が見えない。けれど姫香がパチパチと拍手をしたとき、一瞬だけドヤ顔で振り向いた。

「まだこれからだから」

ヲタ森は言って、色彩データをさらに送った。

黄色を見ている脳波ではモニターに黄色が表示され、○を見ているデータではモニターに○が表示された。被験者を替えて姫香のフォルダを開けたときも、実験と結果は一致した。ごく単純な実験だけど、結果を知ってあかねはむやみに感動し、何か大きなことを成し遂げたような気持ちになった。姫香も同じだったのか、気がつくと抱き合って跳ねていた。

「大げさな……まだ第一段階じゃないか」

そう言いながら、ヲタ森も嬉しそうだ。

「これをさらに複雑化していけば、ＣＡＤデータ程度の画像は見られそうだね」

フロイトが言う。

「画像はともかく、映像になると時間経過の問題がありますね。パソコンの処理能力にも限界があるので、画像を映像にできるのは、せいぜい一、二秒といったところですかね」

「秒でもすごいよ。……ああ、そうか。ダイレクトにやるんじゃなくて、一度線書きデータにしたものを別のソフトでレンダリングすればいいんじゃないかな」

「ですね。まあ、そのつもりでしたけど」

フロイトとヲタ森は、またも専門的な話を始めた。

森は日暮れて、梢の隙間に白っぽい空が浮かんで見える。今まで気にもしなかったけれど、日没が早いこの季節以降は、やっぱり外灯が必要だと思う。明かりなしには森を歩けなくなるから。

データの映像化について相談がまとまると、フロイトが、

「あかねくんたちは暗くなる前に帰ったほうがいいね」と言った。

「総務に掛け合っているけど、ここは外灯がないからね。真っ暗になって危ないし」

「私もそう思っていたところです」

「暗いのは平気。むしろ好き」

姫香が言うと、

「あ、そうだ」

フロイトは持ち帰った封筒を手に取った。

「これ。姫香くんに」

封筒は大学のものである。姫香は不思議そうな顔でフロイトを見たが、フロイトは、

「興味があれば是非」

と言っただけだった。姫香はよく確認もせずリュックに封筒を押し込むと、

「帰ろう。城崎さん」

と、あかねに言った。

「じゃ、お先に失礼します。何かあったらメールください」

ヲタ森とフロイトに頭を下げて、姫香と一緒に部屋を出る。素早くドアを閉めたとき、またドアが開いて、ヲタ森が出てきた。

「忘れ物ですか？」

「なんで俺が忘れ物をするんだよ。帰ろうとしてんの、そっちだろ」

「じゃあ、なんですか」

ヲタ森はボソッと応えた。

「そこまで送る」

あかねが窓を窺うと、フロイトが中で苦笑していた。姫香はもう歩き出している。

夕暮れの森は空気に藍色の絵の具を溶かしたみたいで、木立は暗く、空が明るい。湿気が立ちこめ、草むらでコロコロと虫が鳴き、その音律が音符になって立ち上ってくるかのようだ。通い慣れた道だから迷うことはないのだけれど、景色や雰囲気が全く変わって、どこもかしこも同じに思える。クマザサを踏みしだいただけの獣道は容易に薄闇に溶け込んで、うっかり藪《やぶ》に踏み入りそうだ。

「俺が先頭のほうがいいんじゃね？」

足取りの覚束《おぼつか》ない姫香に代わって、ヲタ森が前に出る。姫香と位置を替わる時、

「あたしを信用してないんでしょ」

姫香がボソリと囁いたけど、ヲタ森は答えなかった。

「信用してないって、なんですか？」

あかねが訊くと、

「暗闇で、あたしがあんたを襲うんじゃないかと心配なのよ、この人は」

姫香は唇を歪めて言った。

「えっ」

あかねは立ち止まり、困った顔で、

「卯田さんって、そっちですか？」

と、小声で訊いた。

「うはははは」

ヲタ森が大声で笑ったとき、木立の間をスウッと白い人影が通った。

三人同時に足を止め、無言で同じ場所を見る。人影は研究所へ向かっていく。幹と幹の間に姿が見えては、また消える。

「ヲタ森さん、あれ……」

「うん」

「風路教授？」

そう訊ねたのは姫香だった。彼女はここが幽霊森と呼ばれているのを知らない。

人影が歩いていくのはクマザサの茂みだ。藪は深く、根元が絡んで、とても普通には歩けない。

「違う。夢だね」

ヲタ森が答える間にも、フロイトに似た影は消えてしまった。

「夢ってなによ。あんたたちが作った映像？」

振り返ってヲタ森が言う。

「いずれはそうなるかもね、でも、今はまだ技術がないんだなあ。夢は夢だよ、本物の夢」

姫香は顔をしかめている。

「私たちはフロイト教授のお祖父さんじゃないかと思ってるんです。もともとここは死んだ大学教授の幽霊が出るって噂があって、学内では幽霊森って呼ばれてるんですけど」

「なにそれ！　嘘でしょ」

姫香が妙な声を出したので、ヲタ森はニヤリと笑った。

「なに？　プリンスメルはオバケが苦手なの？　そんな弱点持ってたの？」

「普通はそうでしょ、苦手でしょ」

「だからあれは幽霊じゃないんですってば。フロイト教授のお祖父さんが見ている夢らしいです」

姫香はあかねとヲタ森を交互に振り向き、

「あんたたち、頭はたしか？」

と、厭そうに訊いた。ヲタ森は答えもせずに、

「フロイトのところへ行ったのかなあ」

再び歩き出したので、姫香とあかねもついていく。姫香はヲタ森との間を詰めた。

「ねえ、答えてよ、夢ってなんなの」

「わからないんですけど、フロイト教授のお祖父さんが亡くなる前、森を歩く夢をよく見ていたらしいです。出てくるのはいつも同じ森で、次第に奥へ入っていって、そこで私たちを見るんです」

「正確には、俺たちみたいな若者ね。四角い箱の中で夢を作っているんだってさ」

「フロイト教授のロイドメガネはお祖父さんの形見で、この前二人が初めて会って、あれはぼくのお祖父さんだと言っていました」

「説明聞いてもわからないんだけど」

「ですよね」

「あらゆる不思議は解明されれば必然なんだよ。だから過去の誰かが見てる夢……脳波とかさ、電磁波とか……なんかよくわからないエネルギーが時空を越えて作用して

んのかもしれないだろ？　今は謎でも、その時になったら『ああ、あれね』って言う……」

　姫香は人影が向かった方を振り向いた。

「その人が見ていたのがここの夢だって証拠は？」

「ない」

「じゃ、あれがホントに夢だって証拠は？」

「それもないです」

　喰《く》って掛かってくるのかと思ったが、姫香は微《かす》かに首を傾げてヲタ森のあとをついていき、前方に回廊が見えたところで立ち止まった。

「繰り返し夢に見る同じ景色って、普通にあること？」

　ヲタ森に訊いたのか、それとも独り言なのか、あかねたちも立ち止まって顔を見合わせる。

「あ？　誰に訊いてんの？　俺は夢を見ない人だから」

「私はありますよ、子供のころ、繰り返し同じ夢を見ていたことが」

　あかねの言葉に姫香が振り向く。

「同じ場所が出てくる？」

「場所っていうか、舞台が同じなんですよ。幼稚園です。通っていた幼稚園のお遊戯室で」

「それは実在の場所でしょう？　知らない同じ場所っていうか……そういうのって、あると思う？　私もさっきの人みたいに、幽体離脱してそこへ行っているとか」

「幽体離脱は夢とは違う。いや？　その可能性もあるのかな」

回廊は天井部分が透明のポリカーボネートでできていて、足元灯が点いているから屋根だけぼんやり光って見える。回廊の向こうは庭園で、そこには照明灯があり、刺すような光が薄闇を裂いている。拡散していく夜を見上げてあかねは訊いた。

「卯田さんの夢には、おんなじ場所が出てくるんですか」

姫香が頷く。

「それって悪夢なんですか？」

またも頷く。

「そこが出てくると怖いから、怖くて目を覚ましちゃう」

「あり得ないくらいの絶景とか、三途《さんず》の川とか、そういうのですか」

「そうじゃない。普通の町よ」

「忘れているだけの場所じゃないのかよ」

「あたしもそう思って調べてみたけど、わからないんだな。カラフルでメルヘンチックなお菓子の町で、ディテールが妙に細かくて、夢に出てくる家の間取りも毎回同じ。

庭の植物や壁紙の模様、階段の手すりも、掛けてある絵も……あと……」

「聞いた限りだと、怖そうな要素は微塵《みじん》もないですけど」

あかねは眉をひそめて言った。

「でも怖いのよ。夢の続きを見るのが怖いの」

「あ？　なんで？　過去に続きまで見たことがあって、その記憶があるってこと？」

「わからないけど……もの凄く怖いんだもの」

姫香の顔が引き攣っている。

「なんで？」と、ヲタ森はもう一度言った。

「その夢、よく見るんですか？」

姫香は少し考えてから、再びコクンと頷いた。

「なんだかなー、よくわからないけど、プリンスメルの頭の中さえ覗ければ、俺ならネットで検索できちゃうけどね」

回廊と森の間に敷かれた砕石をジャリッと踏んで、姫香は少し後ずさる。

「卯田さん。前に、私たち、ある人の夢に出てくる建物を突き止めたことがありますよ。ていうか、本当にその建物があったんです。ずいぶん昔に壊れてしまって、でも、ちゃんと見つかりました」

姫香は返事もせずにヲタ森を追い越し、回廊の方へ行ってしまった。

「なんだあれ？」

ヲタ森がムッとして言う。

「頭の中を覗かれたくなかったんですよ。あ、ヲタ森さん、ここまで来れば大丈夫ですから」

寸の間ヲタ森は黙っていたが、購買会のほうから学生たちが来るのを見て言った。

「オッケー、それじゃご苦労さん。別にお礼なんかいいからな」

「お礼が目当てだったんですか」

ヲタ森は笑いながら研究所へ帰っていった。

大学には守衛室があって、門が閉まれば自由に出入りもできないというのに、彼は研究所に棲《す》み着いている。あかねはこの春学期からしか研究所へ通っていなくて冬へ向かう幽霊森がこんなに寂しいことを知らずにいた。雪が降ったら、ヲタ森さんはパンツをどこに干すのかな？　真冬の研究室にはたぶんストーブが持ち込まれ、天板で餅を焼くその横にパンツが干してある光景が頭に浮かんで、苦笑した。姫香の姿は疾《と》うになく、研究棟の高層窓に消えかけの夕空が浮かんで見えた。

構内のロータリーから出るバスに乗り、学生寮へ帰ってくると、

「手紙が来てるよ」

と、管理人さんから封書を渡された。

内定を受けた会社から内定式のお知らせだった。

あかねは就職試験に落ちまくり、手当たり次第に就活をして、ようやく内定をもらったのが水道の蛇口メーカーのようだった。正直にいうと拾ってくれる企業があればどこでもよくて、蛇口の会社に願書を出したことすら覚えていない。ようやく手にした社会人への切符にワクワクしていいはずなのに、あかねはなぜか気持ちが沈んだ。湧き上がるのは不安ばかりで、無駄に過ごした大学生活を悔やむ気持ちも大きかった。もっと夢の研究をしたい。ヲタ森やフロイトと一緒に学びたい。自分の怠け癖や呑気さや、マイペースなところも、脳天気なところも悔やまれる。かといって大学院へ進めるほどの学力もないし、学費だって払えない。

部屋に戻って封筒を開け、カレンダーに丸をして、内定式の時間を書き込んだ。

パソコンを立ち上げて、気分転換に『カラフルな町』で検索すると、イタリア、メキシコ、ギリシアにモロッコ、ポルトガル……世界中から信じられないほどきれいな街の画像がたくさん出てきた。ピンクに水色、黄色にオレンジ、オモチャのような建物がひしめく光景のなかに、姫香が夢に見る場所はあるのだろうか。

姫香はお菓子の町だと言った。カラフルなだけではなくて、お菓子の町だと。

探してみたらお菓子の家を再現した建物の画像もあったけど、それはテーマパークで、人が住んでいる町ではなかった。幽霊森を出るときに姫香は何を言いかけたんだろう。本当は自分が見ている悪夢について話したかったんじゃないのかな。

フロイト曰《いわ》く陰湿な性格を持つという姫香のことを、あかねは本気で心配していた。

真夜中に、またもヲタ森からメールが届いた。

姫香のことを気にしていたのはあかねだけではなかったらしく、ヲタ森のメールには奇妙なことが書かれていた。

——件名：プリンスメルには話すなよ

おばん。あのさ、夕方にプリンスメルが言ってたメルヘンチックな町だけど、ネットで検索したら、そういう町は世界中にあってさ。写真やパンフレットや書籍で見たものが潜在意識にあるのかもしれないけど、フロイトにちょっと話したら、もっと根が深いはずだと言うんだよ。あいつが見ている悪夢に関係あるんじゃないかと——

寮は一人部屋だが二段ベッドで、上段が物置になっている。ベッドの下段は天井が低く、寝床は箱の中に入った感じで、目覚めたときに目が合う位置に、『推し』のポスターを貼り付けている。枕とクッションを背中に当てて、あかねはメールの続きを読んだ。

——プリンスメルが帰国子女ならその国の風景ってこともあるけど、前に夢売りを調べたときは、海外にいたって情報はなかったよね？　だとすれば、国内にそういう町があるんじゃないかと思って調べたら――

いくつかあった。と、ヲタ森は書いていた。

カラフルでメルヘンな町並みは住人同士の意見が一致しないと実現不可で、現代の建築物ではあまり見かけないそうだが、バブル期に宅地開発して分譲された物件に見られた様式だという。

西洋の町並みを模したカラフルでメルヘンチックな住宅を並べて、それを気に入るオーナーに販売したのだ。町というほど大きな規模ではないが、通りにそうした家々が並ぶ一帯は国内に散らばっているらしい。当初はそこに魅力を感じて住み始めるものの、世代交代や中古住宅の売買が重なるうちにコンセプトは崩壊し、建設当初の華やかさを保ち続けるのは難しいのだとヲタ森は言う。

――以上のことから、フロイトの推理では、プリンスメルの夢に出てくるお菓子の家はメルヘン住宅がまだ新しかった幼少期の記憶に根ざしているんじゃないかって。あいつ、何か隠してるだろ？　根深い悩みの根っ子部分に、お菓子の家があるんじゃないかって。

と、いうわけで、明日も早めに出勤よろしく。　　ヲタ――

スマホを消して見上げると、『推し俳優さん』と目が合ったので条件反射で微笑んでから、あかねは、道の駅ほうほくのマスコット『ほっくん』のぬいぐるみを抱き寄せた。丸い頭に顎を載せ、頭よりずっと小さい体を手のひらで愛《め》でる。はるばる本州の端まで行って、これを買ってきてくれた親友のカスミは、隣の部屋で寝息を立てているだろう。もしもカスミが凄く悩んで、死んでしまいたいと言ったとして、そのとき自分はどうするだろう。

問答無用で止める以外に選択肢はない。

でもそれは、本当にカスミに寄り添っていると言えるのだろうか。

「でも、ダメだもん」

ほっくんの大きな目を見てあかねはつぶやく。

「生きていなくちゃダメだよね？」

そう言い切れる根拠は何かと、姫香は問い詰めてくるだろう。

それはあんたの身勝手でしょ。一生彼女の面倒みられるの？　そのくらいの覚悟で言ってるの？

大小の丸を二つ重ねて短い足をつけただけのほっくんは、置けば転がり、立てれば転がり、いつも横になっている。そのゆるさが自分に似ていて大好きだ。

結局のところ、私はゆるい自分が好きなんだ。死にたいと思う人は、自分のことが嫌いなんだろうか。そうだとしたら辛《つら》すぎる。それとも、好き嫌いとは関係なく、生きることに疲れてしまうのだろうか。

死にたくなるほど一生懸命に生きてきたかと問われれば、あかねは答えることができない。もしもカスミが死にたくなったら、一緒に死にたくなるかもしれない。悲しくて、苦しくて、切なくて、一緒にオンオン泣いちゃって……二人でぐしゃぐしゃになっちゃうだろう。カスミが死ぬのをそばで見届けて、誰かに発見させてあげようなんて、そんなことできっこない。そんなに冷静ではいられない。

ほっくんを胸に抱き、大好きな『推し』の笑顔をじっと見た。

卯田さんは心を病んでいる。それを誰にも打ち明けられずに、ずっと苦しんできたのだと思う。フロイト教授に治せると言われて、だから研究所へすがって来たのだ。

私たちは何を研究しているの？　私たちなら卯田さんを助けてあげられるんじゃ？

ほっくんの丸みを胸に感じてあかねは思う。丸みと柔らかさは安心を感じさせてくれる。そういえば、梅干しも丸い……教授のメガネも……。ヲタ森さんは、丸いところがほとんどない。だから梅干しに惹《ひ》かれるのかな。でも、酸っぱいし……ととめのないことを考えているうちに眠りに落ちた。

夢を見た。

研究所の周囲の森が満開の桜で覆われている夢だった。笹藪も、雑木も、それに絡みついている葛《くず》の葉も、全部がピンクになっていて、あれ？　ここって桜の森だっけ、と考える。季節は秋のはずなのに、どうして桜が満開なのか。

フロイトやヲタ森を呼ぼうとしたとき、桜と見えたのが花ではないと気がついた。よく見ると、ぜんぶが葉っぱだ。森全体が紅葉し、朱色ではなくピンク色に変わっていたのだ。所々に赤や黄色の葉もあるが、全体としてはピンク色。こんなことってあるのだろうか。ペコは色つきの夢ばっかり見るよな、と、ヲタ森の声がする。そうですよ。こんなにきれいなピンク色、見られないのは残念ですね。憎まれ口を叩いたときに目が覚めた。

黒々として大きなほっくんの目が、あかねをじっと見つめていた。


翌朝は姫香より先に研究所へ向かった。朝の森は下草が露で濡れていて、コーデュロイのワイドパンツの裾がびしょびしょだ。ヤブ蚊はほとんど寄ってこなくて、寂しげにコオロギが鳴いていた。ブルーシートの下には洗濯物がはためいていなくて、代わりに白い煙が見える。今度は何を始めたんだろうと近寄っていくと、ヲタ森がロケットストーブを焚いていた。

「おはようございます」

声をかけると、ヲタ森は振り向いて、「おはー」と言った。甘い匂いがしている。

「何してるんですか？　焼き芋みたいな匂いがするけど」

　よれたハーフパンツに枯れ葉色のシャツを着て、素足に赤いスリッポンをつっかけたヲタ森は、前髪の下でニヤリと目を細め、「さすが」と笑った。

「ペコって犬並みの嗅覚じゃね？」

「そんなことありませんよ。でも、やっぱり焼き芋の匂いがします」

　ロケットストーブはガンガン火が燃えているわけじゃなく、投入口を開け放した中で、薪が炭状になっている。そこにアルミホイルがチラリと見えて、あかねは一気にテンションが上がった。

「あっ、もしかして」

「鼻だけじゃなくって目もいいな」

　ヲタ森は棒の先でアルミホイルをつついた。

「朝早く、学長の畑を手伝いにいったらさ、おばちゃん食堂へ野菜を届けてくれっていわれて、お礼に芋をもらったんだよ。小さすぎて料理に使えない、ていうか、使えるけど処理が面倒くさいやつね」

「それを焼き芋にしてるんですねっ」

「そそ。やり方をタエちゃんに教えてもらってさ」

　ヲタ森はまた棒で芋をつついて、

「たぶん、そろそろいい頃なんだ。あまり焼きすぎると炭になるって」

器用に芋を地面に落とした。

「私、落ち葉で焼き芋やってみたかったんですよ」

「落ち葉だけだと火力が足りないだろうって。昔は神社の庭とかさ、広いスペースで山盛りの落ち葉を燃やしたから焼けたけど、今は消防法に抵触してムリ。そこでロケットストーブだ」

話しながら、ヲタ森は次々に芋を取り出す。湯気を立てて地面に転がる芋の数は十個を越えた。

「いったいいくつ焼いたんですか？」

「もらっただけ全部」

「そんなにたくさん食べられませんよ」

あかねが言うと、ヲタ森は意地悪な顔で笑った。

「食べるなんて言ってないだろ。非常食用の干し芋にするんだよ。プリンスメルのおかげで日当たりがよくなったし、七日も干せば完成するらしいから」

「えーっ、焼き芋食べられないんですかっ」

全身全霊で脱力すると、ヲタ森はクックと笑った。軍手をはめて最初に出した芋を拾うと、アルミホイルごと二つに割った。盛大に湯気を上げながら、黄金色の中身が現れる。甘い香りが森に漂い、割れ目に立った黄色い繊維が、食べてと叫んでいるかのようだ。

「熱いよ、ほら」

熱すぎて受け取ることができずにアワアワしていると、ヲタ森は片方の軍手を外し、手首の穴にホイルごと芋を入れて渡してくれた。白い息を吐きながら焼きたての芋を味わうなんて、こんな至福があるだろうか。皮の焦げ目が香ばしく、身は濃厚で、蜜のように甘い。

「ふわーぁあぁあっ」

天を仰いであかねは吠《ほ》えた。森に包まれ、落ち葉と薪の匂いを嗅ぎながら食べる焼き芋が、これほど美味《おい》しいものだったとは。

「うめーな、これ」

と、ヲタ森も言う。

「芋ってさ、収穫したては甘くないから、しばらく寝かせておくんだってさ」

「そうなんですか？　知りませんでした」

「芋もカボチャもそうらしい。オレもまったく知らなかった」

「最近、ヲタ森さんは学長の講義を聞きにいってるそうですね」

アルミホイルを剥ぎながら、少しずつ奥へと食べ進む。カリカリの皮も美味しいので、食べながらあかねはふと眉をひそめた。

「皮、食べちゃったけど、洗いましたか？」

「あ、忘れた」

とヲタ森は言って、あかねのうろたえぶりを笑いつつ、

「バーカ、洗った洗った」

と付け足した。シンクをピカピカに磨き上げる性癖からして、洗わない芋を焼くはずがないとは思ったけれど、どこかわからないところがあるのがヲタ森だ。

フロイトと、たぶん姫香の芋を脇によけ、ヲタ森は丁寧に片付けをする。

「植物のソフトを開発しようと思ったら、やっぱ、植物のことを知らないとさ」

「だから勉強してるんですか、偉いですね。私だったらかたちだけ整えればいいと思っちゃうのに」

他の芋のアルミホイルを丁寧に剝ぎながら、ヲタ森は言う。

「オレも最初はそう思っていたんだよ。枝と葉っぱと、向きとか、大きさとかさ、そういうのだけ作ればいいやって。基本を一個作ったら、あとは葉っぱのデザインだけ変えれば色んな樹木ができるんじゃね？　って」

「でも、違ったんですか？」

ヲタ森は振り向いた。

「そ。それだと嘘くさくなっちゃって、なんか、ぜんぜん違うんだよな」

「CGなんだから本物と違って当たり前じゃないですか」

「そうなんだけど、納得がいかないんだよね。それで、葉っぱの出方とか芽の吹き方とか、方向とかさ、そういうのを調べに植物園へ行くようになって、そしたら奥が深くてさ。可能なら、水や、肥料や、日光の当て方によって生じる成長の変化を3Dに起こせるくらいにしたいなと」

さしものあかねも、それが可能になったらどんなに凄いか想像がつく。

「それができたら、土とか、その成分とか、何を植えてどのくらいお日様が当たるとか、そういうのをシミュレーションできるってことじゃないですか？　それってすごいと思います」

「できたらね。たぶん植物って種類ごとの共通項を持っていて、それを抜き出してプログラムすれば、簡易的なソフトは作り出せると思うんだよな」

「それがヲタ森さんのやりたかったことなんですね」

感動して言うと、ヲタ森は「違うよ」と、答えた。

「それはやりたいことのひとつに過ぎない。たくさんの中のたったひとつね、とりあえず、今はそれに凝ってるってだけ」

「そうなんだ……」

あかねは目をパチクリさせた。ヲタ森はクマザサの葉を敷き詰めたザルに焼き芋を入れると、フロイトと姫香の分はアルミホイルに包んだままで脇へよけ、剝いだアルミと、芋を保護していた濡れ新聞紙をロケットストーブに放り込んで焼却した。

そのひょろ長い後ろ姿を見守りながら、あかねは、やりたいことも才能もあるのに幽霊森を出ていかないヲタ森と、頭がよくて何でもできるのに自身を疎んでいる姫香はどこか似ていると考えた。もっと言うなら、いつもどっちつかずの甘い自分と、研究の価値をなかなか認めてもらえないフロイトと、正体不明の幽霊と……この森には、はぐれ者ばかりが集まっている。

学生のほとんどが存在すら知らない夢科学研究所と、学生たちが寄りつかない幽霊森は、奇妙で居心地のいい場所だけど、ずっとここにはいられない。かといって就職が決まった株式会社スイセンは、本当に自分の居場所なのだろうかとも思う。就職させてくれた会社に対して、自分は何を返せるのだろうと。

「蛇口の勉強しておかなくちゃ」

あかねはポツンとつぶやいて、ヲタ森と一緒にプレハブに入った。

焼き芋は冷ましてから皮を剝《む》き、薄切りにして天日干しするのだという。干し芋作りを手伝うために早出してきたわけではないので、シンクで手を洗ってから、カラフルなメルヘンの町についてヲタ森が収拾した情報を検証する。

「前に夢売りを調べたとき、出身高校は滋賀県大津市の進学校とわかっていて、その高校の裏サイトに小学校からの情報が載っていたわけだから、彼女が夢に見る町は大津市にある可能性が高い」

ヲタ森はシンクの脇に芋を置き、自分のパソコンを立ち上げた。

「それで滋賀県に絞ってカラフルなメルヘンの町を探してみたら……」

ヲタ森はモニター上に、カラフルなカフェの壁やスイーツの写真を呼び出した。

「カフェやイベント会場しか見つからなかった」

「やっぱりただの夢だからでしょうか」

「フロイトはそう考えていない」

ヲタ森は別の画像も呼び出した。表のようなものが現れる。

「卯田って名字は滋賀県に多く、あと、千葉や埼玉にもいるんだよ。その人たちは滋賀から移住してきたのかもしれないし、同じ滋賀でも大津市よりは草津市のほうが多いみたいでさ」

「そんなことまでわかっちゃうんですね」

ヲタ森はマウスを動かした。

「で、草津市でカラフルな町を探してみると……」

「あっ」

そこにはまさしくカラフルな住宅が映し出されてきたけれど、町というような規模ではなくて、単体の建造物のようだった。

「デザイナーズマンションとか、そういうのですか？」

「そ」

ヲタ森は頷いた。

「しかも新しい物件なんだな、これが。ネットは情報を拾いやすいけど、常に更新されているから検索するにはコツがいる。もう少し絞り込まないと……そこで」

ヲタ森はあかねを見た。

「やっぱプリンスメルの頭の中を覗くのが早いと思う。これはフロイトとオレの一致した意見ね」

「どうやって？」

ヲタ森は、夢を頭から引っぱり出すためにあかねと姫香が蓄積したデータを呼び出した。×は×、○は○、□は□というように、脳波から単純な画像を推測する実験は成功している。それをもっと推し進め、複雑な映像を呼び出してみようというのだ。

「町や建物のパネルを見せて、その時の脳波を調べるんですか？」

「それもひとつの案ではあるけど、パソコン上でＣＡＤデータを動かす感じを応用するんだ」

あかねは眉をひそめて首を傾げた。どういうことなのか、さっぱりわからない。

ヲタ森は続ける。

「複雑に見えるデータも、突き詰めると単純な図形の複合なんだよ。たとえば円。◯は曲線で作られているように思うけど、拡大に拡大を重ねていくと細かな直線が並んでいるだろ?」

「六角形、八角形、何十角形みたいにしていって円に見せるってことですね」

ヲタ森は細い眼をカッ開いて言った。

「そうだよペコ、頭いいじゃん」

悪い気はしなかった。

「同じように、一見複雑に見える画像も、丸バツ三角四角直線曲線、これらの組み合わせで表現できる。もちろん鮮明な画像はムリだけど、ある程度の『何か』は表現できるはずなんだ」

「先ずはやってみようということですね」

「当たり」

あかねは早朝に呼ばれたわけを理解した。

「実験はふたつ。まずはペコに任意の立体物を見せて、それがモニターにどう表示されるか確かめる。次は視覚を遮断して、ペコが思い描いたものを表示する。動画じゃなくて画像がいいな。なんでもいいけど、強くイメージできるもの」

「わかりました」

と、あかねは答えた。頭の中では、丸を二つ重ねただけのほっくんをイメージすると決めていた。


高級椅子に座ったあかねの頭に、ヲタ森の手でヘッドギアが装着される。だぶだぶの白衣が目の前にあって、微かに石鹸《せっけん》の匂いがした。研究所に住み込んじゃうとか、やってることは無茶苦茶だけど、深く知るにつれ興味深い人だと思う。ヲタ森さんは彼女とかいないのかな？　休みの日は秋葉原で部品を漁《あさ》っているし、それ以外はパソコンに向かっているだけなので、誰かと知り合うチャンスはないのかも。それともネットの掲示板やチャットに決まった相手がいるのかな。ヲタ森と同じように人見知りをする性格で、でも、ネットの海は活《い》き活きと泳ぎ回れるタイプの女性がもしも、いたなら……あかねはちょっと妄想してみる。二つに分かれた尾びれに妖艶な魚体、上半身はインテリ風のバーチャル人魚を想像し、けっこう微妙だなと思う。

「なに笑ってんの？」

頭の上からヲタ森に訊かれたとき、ノックの音と、声がした。

「ぼくだ。入るよ」

「どうぞ」

あかねとヲタ森が同時に言うと、

「そろそろ声がけはいいんじゃないのか?」

フロイトがブックサ言いながら入ってきた。同時に風が吹き込んで、やっぱり落ち葉の匂いがした。

「ロケットストーブがくすぶっているけど」

「芋を焼いたからですね。学長の畑を手伝って、サツマイモをもらったんですよ。そこ、シンクの横の、アルミホイルに包んであるやつがフロイトとプリンスメルの分なので」

「メチャクチャ甘くて美味しかったです」

「焼き芋なんて何年ぶりかな」

とフロイトが言う。フロイト教授は野菜が苦手だ。ニンジンとピーマンはまったく食べられず、ナスは皮しか食べられない。タエちゃんもそれを知っているので、フロイトには強制的に野菜の小鉢がサービスされる。泣きそうな顔でそれを食べるフロイトを見るのが、ちょっとだけあかねは好きだ。

「教授、お芋は大丈夫なんですか?」

ヘッドギアにつけられた大量のコード越しに眺めていると、フロイトは焼き芋を手に取って、

「芋類は大丈夫なんだけど、ジャガイモよりサツマイモのほうが好きかな」

アルミ箔を剝くなり、割らずに食べた。

「わ、甘いな、これ」

「ですよね。メチャクチャ美味しいですよね」

「つまり、味がないものは食べられないんですね、子供みたいだな。オレは何でもいけますけどね」

「微妙な味が苦手なんだよ。いつもタエちゃんに怒られるけど」

フロイトはバクバク芋を食べ、シンクで手を洗ってから近くへ来た。焼き芋を食べると口の中の水分を持っていかれてしまうから、持参したお茶を飲んでいる。

「実験の説明はした？」

「もちろんです」

と、ヲタ森は言った。二人は昨夜のうちに新しいパネルを用意していたらしい。あかねの準備が整うと、フロイトが正面に、ヲタ森は機械の前にスタンバイする。

「では、あかねくん。先ずは目を閉じて、深呼吸しようか」

実験開始前には頭を一度空にする。手順はいつもと同じなので、あかねはリラック

スして高級椅子に体を預け、太ももに手を置いて深呼吸した。焼き芋の匂いがする。

「では、見てくれたまえ」

目を開けると砂漠が見えた。赤い砂山に陰影があって、それ以外はなにもない。パネルに見入ること数十秒、ヲタ森のモニターに画像が浮かんだ。ヲタ森が改良を重ねて、今では何色かの線で画像を描き出す方法に変わっている。現れた大小の三角形は、そう思って見ると砂漠に見える。

「いいですね」

と、ヲタ森が言う。

もっと興奮すればいいのに、この程度は予測できたという顔だ。もしかして、自分はもの凄い人たちと研究をしているのではないかと、そんな気になってくる。

「では別の画像を見せるから」

パネルは三枚あるようだ。二枚目は青空にそそり立つビルで、再現画像も砂漠のものとは全く違った。フロイトとヲタ森は冷静だが、あかねは気持ちが高揚した。ビルの輪郭線を描く灰色の線、窓を現す青い線、直線ばかりの写真では再現の精度がダントツに上がる。しかも線の色分けによって、あかねの脳裏に浮かんだものがより鮮明に想像できる。

「すごい。え？　これってすごくないですか、ビルですよ、ビル、大きさもバランスも、ほぼ一緒じゃないですか」

「ダイレクトに視覚に入るから再現性は高いんだよ。ただ、夢は視覚だけで見るわけじゃないから」

フロイトは冷静だ。

「んじゃ、最後のパネルにいきますか」

「今日は単純な画像を選んでいるけど、徐々に複雑にしていく予定だ」

フロイトが最後に見せたのは夕日であった。太陽の下部が水平線に接して、水面にも太陽が映り込んでいる。単純に言うのなら、水平線の上下にオレンジの丸が二つあるだけの光景だ。

「あれ？」

ヲタ森が妙な声を出した。

「フロイト、ちょっと、これを見てください」

あわててモニターを覗くフロイトの背中を眺めながら、やっちまったとあかねは思った。

「おかしいな。一番単純な画像だったのに」

「すみません」

と、あかねは言った。振り返った二人の隙間からモニターが見える。

水平に通った一本の線、その上下に表れた丸ふたつ。

ところが上側の丸に色違いの楕円が二個も表出していたのだった。

「夕日の写真を見たとたん、ほっくんにそっくりだなと思っちゃって……」

「なに？　ほっくんて」

ヲタ森が眉をひそめた。

「ベッドに置いてるぬいぐるみです。夕日をモチーフにしているから、頭も体も丸くって、写真を見たら、もうほっくんにしか見えなくて」

ヲタ森はモニターを見直して、

「あ？　じゃ、この、太陽についた二つの丸は」

「目玉です。ほっくんは鼻も口もなくて目だけがあるので……すみません」

「興味深いね」

と、フロイトは言った。

「視覚以外の情報がマッチングしたってことだよね。その瞬間、あかねくんの脳裏に浮かんだものがモニターに再現された」

「たしかにね」

ヲタ森も言う。

「これは……夢の再現も期待できるんじゃないですか？」

二人同時に振り返る。

けれどあかねは困っていた。

ほっくんは、イメージを画像にするとき使おうと思っていたマテリアルだ。思いがけず夕日の写真を見せられたために、使ってしまった。どうしよう。

「一度頭をクリアにしてから次の実験に移ろう。いいかい？」

「はい」

と、答えはしたものの、次のプランはゼロだった。単純な図形がいいと言われても、咄嗟には思い浮かばない。難しそうな顔で考えていると、フロイトは笑った。

「ムリをしなくていいよ。ただ目を閉じて、浮かんだものでいいから」

「何が浮かぶかわかりません。図形じゃないかもしれないし」

「それは困る」と、ヲタ森が言う。

「図形の実験なんだから、図形を想像してもらわなきゃ」

「とにかくリラックスしてみよう。これを見て」

フロイトは人差し指をあかねにかざした。その後ろは鼈甲細工のロイドメガネで、フロイトの大きな瞳と、前髪から覗く意志の強そうな眉、結んだ唇が眼前に迫る。

「よく見て。じゃ、いいね？　いち、に、さん……目を閉じようか」

あかねは目を閉じ、深呼吸した。

「何が見える?」

　と、フロイトが訊く。

「なにも」

「瞼に意識を集中してごらん。ゆっくりでいいから」

　瞼の裏は黒色だ。ただ、視覚を遮断してみると、それまで気にならなかった音が聞こえる。すごく遠くの歓声や、風が梢を揺らす音、微かに聞こえる鳥の声、ブルーシートがハタハタいう音。

　脳波計が反応したとき、あかねは風の音を聞いていた。ブルーシートが揺れていて、奥で木漏れ日が光っている。風が運んでくるのは森の匂いだ。そして、ブルーシートの下には……。

「何かの図形を拾っていますね。見てください」

　ヲタ森が囁く声がする。あかねは静かに目を開けた。

「切って、ヲタ森。そこまでにしよう」

　白衣を着た背中が二つ。目の前でモニターを覗き込んでいる。何が出たのか、あかねも早く見たかったけど、ヘッドギアを装着しているので迂闊に立てない。

「どうでしたか?」

　訊くとフロイトが「うん」と答えた。

「フロイト……これって、もしかして、時間軸を拾っているんじゃないですか？」

「その可能性はあるね」

「その場合、やりようによって動画の再現も可能なんじゃ……」

「そうだな。色で分けて、それぞれの線を拾えば……いいね」

「ならばレイヤーで分けてみますか？　時間で変えて、レンダリングしてから編集すれば」

「そうだ。再現できるかもな」

「あのー……」

二人の背中にあかねは言った。

「私も画像を見たいんですけど」

ようやくフロイトだけが振り返り、

「ごめんごめん」と、あかねに言った。

「ちょっと興奮しちゃってね。見てごらん、見えるかい？」

体をひいてモニターが見えるようにしてくれる。

そこにあるのは複数の線が絡み合う『なんだかわからないもの』だった。今日の実験で一番複雑な画像である。線と線が重なって、針金で作ったアートみたいだ。

でもあかねには、それが何かがハッキリわかった。自分の頭にあったのだから当然だが、それがこんなに、認識できるかたちで再現されているのが恥ずかしかった。

「うわヤバいです、それは……」

思わず言うと、フロイトが「なんで？」と、訊いた。

「黒い線はヲタ森さんのパンツです」

「え、なんで？　あー、これか。なるほど」

と、ヲタ森は言ってから、振り向いた。

「オレのパンツがなんで出てくる」

「なんでというか……目を閉じていたら……」

「ちょっと待って」

フロイトはそう言って、メモ用紙を引き寄せた。

「最初から順を追って頭に浮かんだものを説明して」

「最初は何も浮かばなかったんですけど、目を閉じたら音がよく聞こえるようになって……」

表出したデータを突き合わせていくと、不思議なことがわかった。最初に現れたのは一本の線だ。水平線のように横向きで、それが二本、三本と増え、

「次に出てくる細い線、グシャグシャしたこれは、ペコが聴覚から想起した視覚映像かもしれませんね。風とか木漏れ日とかの動くもの。それがノイズになったのかも」

ヲタ森は画像を時間ごとのレイヤーにわけ、それぞれにタイトルをつけた。複雑で繊維の編みあとみたいな細かい線は、それを木漏れ日というのなら、たしかにそう見えなくもない。

「そしたらブルーシートが浮かんで、いつも下に干しているパンツが……」

フロイトは「あはは」と笑った。

「記念すべき実験の、最初の画像がパンツとはね」

そのときノックもなしにドアが開き、誰かがプレハブに入ってきた。

「あっ、ノックしろって貼り紙が……」

ヲタ森はそこで言葉を切った。幽霊でも見たような顔をしている。あかねが体を捻《ひね》ってドアを見ると、そこには顔を土気色にした姫香が、ゾンビのように立っていた。

「変なもん喰ったの？」

真面目な顔でヲタ森が訊く。

「……家じゃ寝れない……ここで寝かせて」

姫香はよろよろやって来て、あかねのパソコン椅子にどっかり座った。フロイトが立っていく。

「眠れないのは悪夢のせいか」

「何度言わせるの……そのせいよ」

姫香は目の下に隈《くま》ができ、唇も乾いてカサカサしている。肌の調子もよくないようで、救急車を呼ぶレベルじゃないかとあかねは思った。

フロイトは何事か考えていたが、ヲタ森を振り返って訊いた。

「ならば睡眠実験をさせてくれないか。ベッドはないけど椅子はある。リクライニングさせれば眠れるだろう」

「なんでもいいわ。頭が変になりそうだから」

あかねは姫香と場所を替わった。椅子に座ると姫香はもうグラグラで、ヘッドギアを装着するときも、半分白目になっていた。

「卯田さん。脳波のデータを取りますけど、いいですか？」

確認すると、「好きにして」と、つぶやいた。

「他人と一緒の方が眠れるなんて、重症だな」

嫌みではなくヲタ森は言い、白衣を脱いで姫香にかけた。

脳波計にアルファ波が出て、姫香は眠り始めている。あかねたちはそれぞれの持ち場について、睡眠実験がスタートした。

擬似的な夢の表出実験とは違い、本物の夢を呼び出すのだ。

あかねは音を立てないように自分の椅子を引いてきて、ヲタ森とフロイトの近くに座った。タブレット型のパソコンを渡してフロイトが言う。

「ビデオカメラを用意するから、あかねくんは彼女の表情をチェックして、ここにメモを書き込んで欲しい。なんでもいいから気付いたことを書き込むんだ。いいね？　先ずは日付と時間と場所と、あとは天気や気温など、基本情報を書き入れて」

「わかりました」

「心拍数も測りたいですね」

ヲタ森はそう言って、リストバンド型の心拍計を姫香につけた。睡眠実験をするときは、被験者の心拍数を計測することで睡眠の深度まで測ることができる。すでに姫香は寝息を立てて、眠りに引きこまれてしまったようだ。現在の心拍数は六〇前後で、それが徐々に下がっていく。睡眠導入時は五〇を切って、やがて四〇前後で安定するが、椅子を使っているので爆睡はできないだろう。逆に言うなら、夢を見やすい状態といえる。モニターには細くてグシャグシャした線が現れ始めた。睡眠を妨げないよう、あかねたちは黙っている。


ハンガーにかかった白衣、木漏れ日が見えるプレハブの窓、安っぽい板張りの床、隅にはヲタ森の布団があって……脳天気なあかねの顔……フロイトの仏頂面……マウスを握るヲタ森の指……大学の正門、長い回廊、通るたび目が合う庭師の爺さん……。

瞼の裏をさまざまなものが過《よ》ぎっていって、言葉にならない声が聞こえる。

夢と現《うつつ》を行ったり来たりする感じ。意識を残しながら眠る感覚。体の疲れや頭の悩みが、夢というかたちで昇華され、あるべき場所に収まっていく。姫香はそれを感じつつ、めくるめく夢の世界をたゆたっていた。ここなら、あの人たちがいてくれるから、もっと奥まで行ってもいい。目覚めたときにもあの人たちがそばにいるから、今日こそ奥まで行ってやる。

来なさいよ！　あたしに何を見せたいの？　受けて立つから、いらっしゃい。

天を仰いで叫ぶ自分が見えた。

脳の処理能力と、パソコンの処理能力が合ってないのかもしれませんね。

どこかで誰かが話をしている。

データをもっと単純化したら……。

それだと何を見てるか、わからなくなるんじゃ。

学長に予算出してもらえばいいんじゃね？

でも、白衣を買ってもらったばっかりですよ？

あかねの声だと姫香は思う。

のんびりしているけど、頭は決して悪くない。ただ欲がないだけよ。

それが自分の思考であるのか、夢なのか、眠気に搦《から》め捕《と》られて目が開かない。スウッと意識が沈み込み、気がつけば、姫香はあの場所にいた。

道の上。白い道路の両側にカラフルな洋風の家が並んでいる。どの建物も凝っていて、窓がいろんなかたちをしている。壁の色も様々で、薄い水色もあればピンクもあって、ペパーミントグリーンや黄色もある。ピアノの音がする。

「心拍数が上がっています」

あかねは小声でフロイトを呼ぶ。

ヲタ森のモニターに、直線だけの画像が浮かんだ。

「急にハッキリしましたね」

フロイトは無言で姫香の前に来た。姫香の表情に変化はなく、眉間に縦皺を刻んで眠っている。まるで、眠ることに挑戦しているみたいだ。

そうよ。ピアノよ。どうして気がつかなかったんだろう。

甘いお菓子の匂いがする。クッキーとか、ケーキとか、そういうものを焼いている匂いだ。

この場所を知っている。本当は、ずっと前から知っていたんだ。つるバラが絡みついたフェンスの奥に、かわいい看板が立っている。唐草模様の縁取りをした水色の看板だ。文字が書いてあるけど、読むことができない。けれど姫香は知っている。

あの家だ。メルヘン街のお菓子の家だ。

気がつけば家の中にいた。天井にはカラフルな風船が。壁にはハートが飾られている。テーブル一杯のお菓子。たくさんの人が笑っている。顔はよく見えないけれど、笑っている。床に散らばる色とりどりのリボン、クラッカーから舞い落ちる星。これは……そう……これは何かのパーティーだ。

「また心拍数が上がりました。怖い夢を見てるんでしょうか」

あかねが言うと、ヲタ森が答えた。

「もの凄い勢いで線が動いてるな。なにがなにやらまったくわからん」

フロイトは黙っていた。

水色とピンクと黄色と白をねじったマシュマロがある。こんなにきれいなお菓子は初めて見るからテンションが上がる。風船はハートのかたちだ。誰かがアイスクリームを盛っている。金魚鉢よりも大きな器に様々なフレーバーを入れていく。チェリーをどっさり、生クリームもたっぷり入れて、フルーツにビスケット、でも、私はそれを食べられない。胸の裏側がムカムカしてきた。

「線が止まった」

と、ヌタ森が言う。心拍数は安定している。姫香の表情に変化はないが、眼球だけが目まぐるしく動く。優しい風が吹き込んできて、ピーと小鳥の声がした。

次に見たのは白い柱だ。蹴込み板のない階段があって、たくさんのオモチャが段ボール箱に入れて置いてある。部屋中が白くて眩《まぶ》しく、カラフルなチョコレートが床にこぼれている。両手と足がベトベトで、スカートにアイスクリームがついている。よそ行きなのに汚してしまった。靴下のレースも汚れていて、つま先にパイナップルの欠片《かけら》が載っている。

なにをしたの。

頭の上から金切り声が降ってきた。

ダメでしょ。悪い子、悪い子、悪い子、いったいなにをしてくれたの。

心臓がバクバク躍る。言葉にしたいのに言葉が出ない。声はますます強くなる。

だからあれほど言ったじゃないの！　……をしたらダメだって。

ごめんなさい。ごめんなさい。

腕を摑《つか》んで引っ張られ、悲鳴のような声を聞く。

言うことを聞かないからよ。やっちゃダメって言ったでしょう。

ごめんなさい。ごめんなさい。

振り上げた手が見えて、叩かれると思った瞬間、目の前に顔が下りてくる。

いいのよ、いいの。わざとじゃないもんね。……くんが悪いんだから。……くんが悪いんでしょう。もう泣くな、泣いたら変に思われる。黙っていてあげるから、ひめかちゃんはだいじょうぶ……はあなたの味方だからね。内緒にしといてあげるから。

その人の顔はよく見えない。長い巻き毛と白いエプロン、水色のスカート、レースのスリッパ。あとは白っぽい木の床と、床に倒れた男の子。男の子は頭がベトベトで、ほっぺにカラースプレーチョコがついていて、動かない。紫色で、変な顔。大きいくせに、おしっこを漏らしている。


「はっ」

姫香は椅子から飛び起きた。心拍数は異様に上がり、瞳孔が開いて見える。

「だ、大丈夫ですか？」

驚いてあかねが訊くと姫香はギュッと目を瞑《つむ》り、それからパッと目を見開いて、

「あたし、寝てた？」

誰にともなくそう訊いた。

「データを止めて」

フロイトは言って、心拍数を確認した。

「深呼吸しようか、姫香くん。無理矢理こっちへ戻って来た感じだね。大丈夫？　何を見た？」

どう答えようかと、姫香は考えているようだ。

夢はモニターに表れたのか、あかねはヲタ森のパソコンを見たが、全てが一緒くたに表出して、超複雑な針金アートのようだった。ヲタ森は早速それらを時間ごとのレイヤーに分けている。

しばらくすると、姫香はようやく口を開いた。

「メルヘン街のお菓子の家……へ、行ってた」

フロイトが首を傾げるのを見てあかねは言った。

「それ。卯田さんが夢でよく見る場所でしたよね。世界中にカラフルな家はけっこうあって」

「世界じゃないわ。千葉のどこかよ」

「千葉のどこか？　なんで千葉なの？」

作業の手を止めてヲタ森が訊く。

「思い出したの。小学校に入るまで、私、親の仕事の関係で千葉に住んでいたことがあったって」

「カラフルな町に住んでたんですか?」

「そうじゃない。住んでいたのは社宅だったわ。アパートで、白いだけの集合住宅」

フロイトは姫香をじっと見てから、ついっとヲタ森に視線を移した。

「あかねくん、装置をはずしてくれたまえ」

そしてヲタ森にこう訊いた。

「何か出たか?」

「そこそこ鮮明に出てますね。特に最初の方ですが」

姫香のヘッドギアを外しながら、あかねはヲタ森の言葉を不思議に思った。

「飛び起きるほど怖い夢を見たのに、どうして最初のほうが鮮明なんですか? 脳波が出るほど画像も鮮明になるんじゃ」

「そこも興味深いよね。おそらく後半は情報が多すぎて、データに変換するスピードが間に合わなかったと思うんだ」

「装置ってのはさ、改良、実験、改良、実験、また改良の積み重ねなんだよ」

意外にもヲタ森は水を得た魚のようだ。

「ヲタ森さんは、どうして嬉しそうなんですか」

「燃えているから」

と、ヲタ森は答えた。フロイトが解説する。

「技術者は困難に直面するほど燃えるみたいだ」

「まだ誰もやってないことに挑戦しているわけですからね。後続の野郎に『オレのほうが上手くできたのに』とか言われたくないし」

困難に直面するほど燃えるなんて、あかねには考えられない。易きに流れるのが人の性だと思っていたのに、ヲタ森はより高速でキーを叩いて、時々、閃いたことをメモしている。

ヘッドギアが外れた姫香は、立ち上がってトイレへ行った。

モニター上の、複雑に絡み合ったぐしゃぐしゃの線は、太さや色で選択されると簡単にそれぞれのレイヤーに分けられていく。ヲタ森は同時刻に表出した線を選択すると、レイヤー順に並べ替えた。最初の画像はほぼ直線だけで構成されて、ＣＡＤデータのようだった。

「町並みのように見えますね」

最初の画像に表れたのはたしかに町だ。中央に一本の道があり、地平線へ近づくほど点になる完全なパースを描いている。両側の建物もそれに倣って奥へ行くほど小さく低くなって見える。描いたものとは違うので、鮮明なのは視界の両側一部分だけであり、それ以外はぼんやり『そう見える』程度だが、町並みであることはよくわかる。

「これがカラフルタウンかな」

ヲタ森はつぶやいて、一枚目の画像を保存した。あかねはすごく興奮してきた。今までは出来合の画像を合成することでしか描き出せなかった夢を、本当に頭から引っぱり出せた。そういう思いで画像を見ると、あらゆるものが重なり合う複雑でアートみたいな混合画像が、まさしく夢そのもののように思われてくる。睡眠に入るとき脳裏に浮かぶ夢のかたちはこんなようなものだとさえ思う。全てが渾然《こんぜん》一体となった思考の塊。必要な場所だけが光る神経回路に似ている。

次の画像は複雑だった。直線よりも曲線が多く、たくさんの丸を重ねたように見える。特徴的なのは、上部と中央部に水平線が集中していることだった。曲線は画面全体に表れている。

「なんでしょう?」

あかねが訊くと、トイレから出てきた姫香が答えた。

「パーティー会場」

シンクの脇にあるヲタ森の芋をつまんで食べている。

「あ、それ」

あかねの声で振り向いて、ヲタ森は眉をひそめた。

「なんでそっちを食べてんの？　ホイル入りのを取っといたのに」

「あら、そうなの」

　と姫香は言った。

「包んであったら中身が何かわからないじゃない」

「ヲタ森さんが冷めないように包んだままにしておいたんですよ。最初から卯田さんの分と教授の分はホイルに包んでおいたんです」

「ていうか、食べていいですかとか訊かないのかよ」

「食べていい？　ていうか、食べているけど」

「もういいよ」

　ヲタ森はむすっとしている。好意が伝わり損ねて微妙に傷ついたのだと思う。がさつで横柄に見えるけど、男はけっこうナーバスだ。

　もくもくと芋を食べてから、姫香は自分のリュックを開けてペットボトルのお茶を飲む。やっぱり芋は喉に詰まるのだ。

「どうしてここに焼き芋があるの？」

「ヲタ森さんが大学の畑を手伝ったお礼にお芋をもらって、ロケットストーブで焼いたんです」

「全部喰うなよ。干し芋にするんだから」

「ここってなんの研究所？」

姫香は笑う。悪夢を振り払うかのような、やや不自然な笑い方だ。

「ところで、パーティー会場というのは？」

フロイトが質問する。

姫香はモニターを覗き込み、「驚くくらい夢のままだわ」と、静かに言った。

「繰り返し夢に見る同じ風景があったのよ。森に風路教授のお祖父さんが出るって話を聞いて、もしかしたら私も実在の町を彷徨《さまよ》っているんじゃないかと思ったくらい……知らない町のはずだったけど、怖すぎて……いつも途中で夢から逃げ出していたの」

フロイトは目を細めた。

「恐れていた悪夢は友人の自殺ではなく……こっちか？」

姫香はモニターを見つめている。

「お菓子の家でパーティーをして、それがどうして怖いんですか？」

あかねの疑問には直接答えず、姫香は画像を解説する。

「その丸いのは風船よ。ハート型の風船を椅子や壁に飾っているの。真ん中の横線はテーブルの縁で、大小の曲線はお菓子だわ。テーブルにお菓子が飾ってあるの。ツリーみたいなロリーポップキャンディや、カラフルなビスケット、マシュマロに、カップケーキに、ドーナツ」

「夢のようじゃないですか」

と、あかねは言った。

「ここまではね」

「つか、ホントに夢だし……」

ヲタ森は次の画像を呼び出した。

線の数は少ないものの、直線はほとんどない。黒々とした楕円形が二個ずつの対になって表れて、それらがいくつか重なり合っている。

「人の目みたいに見えますね」

あかねはモニターを指さした。

「こっちが口で……笑ってるみたい」

「正解。誰かの顔よ。あたしを覗き込んでくる。たぶん大人だと思う」

「ってことはつまり、夢の中のプリンスメルはまだ子供なんだな」

夢に出てくるカラフル住宅がバブル期に建てられたものならば、小さかった頃の姫香がその家を知っていてもおかしくはない。

「住んではいないが知っている町……か」

フロイトが静かに言った。

その後の画像はグシャグシャとして判別不能だった。ヲタ森によれば、このあたりから流入してくるデータ量が多くなり、処理が間に合わなかったという。そこで三人は、姫香からどんな夢を見たのか聞き取りした。姫香は言う。

「今日は最後まで見たの。それでようやく思い出したわ。部分的に……だけど」

姫香はキュッと唇を噛み、

「たぶん生まれつきなのよ」

「何が生まれつきなんですか？」

姫香はあかねを見て言った。

「生まれつきの、人殺し」

そしてフロイトに向き直り、ヲタ森のモニターを指さした。

「思い出したの。カラフル街のお菓子の家は、最初に犯した殺人現場よ」

4　事件か事故か

　姫香の頭から引っぱり出されたデータは、それ単体で役に立ったとは言えないものの、潜在意識に隠されていた多くの情報をもたらした。

　フロイトとヲタ森と姫香から昼食のリクエストを訊いてレストラン棟まで買い出しに行き、戻ってみると、三人が仲良くヲタ森のパソコンに張り付いていて、あかねはなんとなく嫉妬を感じた。恋愛感情も下心もないけれど、ここは自分たち三人だけの秘密基地のようで、あかねはそれが好きだったのだ。

「お昼を買ってきましたよ」

　中央テーブルに買ってきたものを載せて言う。返事がないのでもう一度言った。

「お昼を、買って、きましたよっ」

　振り返ったヲタ森が、

「なにカリカリしてんの？」と訊いた。

「べつにカリカリしてません。せっかくなのに冷めると思って」

「冷めるのなんか頼んだっけ？」

あかねはきゅっと唇を嚙んだ。パンとおにぎりと冷たいお茶を頼まれただけで、冷めるようなものはひとつもなかった。でも、長い回廊をせっせと歩いて、遠くまで買い物に行ったんだから、もっとねぎらってくれてもいいと思う。袋から食料を出して、テーブルの上でそれぞれ分けた。シンク脇から焼き芋が消えて、すでに干物カゴに干されているのも気に入らない。自分も手伝うつもりだったのに、姫香が芋を切ったのだろうか。それともヲタ森が一人でやって、その間はフロイトと姫香がデータをいじっていたのだろうか。嫉妬の矛先がなんとなく姫香に向いていると気がついて、あかねは自己嫌悪する。私って小さい。

フロイトは焼きそばパンにミルクコーヒー。ヲタ森は梅おにぎりと緑茶。姫香はバゲットサンドにイチゴミルク。ジャムパンと白玉団子と十六茶はテーブルに残して、あかねはみんなにお昼を配った。

「あかねくん、ありがとう。それじゃ昼休憩にしようか」

フロイトが言って、それぞれ座る。

「なにか進展ありましたか？」

ジャムパンの袋を開けながら訊くと、ヲタ森が、

「カラフルなメルヘンの町は謎が解けた」と言った。

「夢に見る場所を見つけたんですか？」

姫香は折りたたみ椅子を二つ並べて、片方の座席にハンカチを敷き、バゲットを置いてイチゴミルクにストローを挿している。自分のデスクで焼きそばパンの袋を開けながら、フロイトが言った。

「千葉で調べたら、バブル期に分譲された住宅地にそれらしきものがあるとわかった。町を貫く通りにメルヘンロードという名前がつけられていて、俗称メルヘン街と呼ばれたそうだよ。すでに当時の面影はないけれど、分譲当初はパステルカラーのお洒落な家が売りで、調べてみると姫香くんが住んでいた団地からも遠くないんだ。夢に出てきた場所かもしれない」

おにぎりを食べながら、ヲタ森が「ほら」と、モニターを回してくれる。それは様々な形の窓や屋根を持つ、テーマパークみたいな住宅の写真だった。各戸とも壁色がパステルカラーで、完成した住宅を分譲販売していたようだ。

「マジ、どんな人がなに着て住むのって感じだけどさ、現在は普通の壁色が多いみたいだ。こういう家に憧れて買ってもさ、趣味や家族構成が変わっていくしね」

「それがあの場所ですか？」

姫香に訊くと、曖昧に頷いた。

「かなり近いと思う。姫香くんの夢に出てくるのは水色の家らしいけど、ネットで検索した限り、建築当初の写真しか見つからなくてね……」

「これは宣伝用の写真だから、一番見栄えがするところを、そういう角度で撮ってるんだよ」

「じゃ、本当のところは謎なんですね」

あかねは姫香の夢の、最もセンシティブな部分が気になっていた。子供の頃から人殺し。あれは最初に犯した殺人現場だと、姫香はそう言ったのだ。

「卯田さんが千葉にいたのは小学校へ入る前だって言ってたじゃないですか」

ジャムパンをひと口かじってあかねは訊いた。

「でも、それだと六歳よりもちっちゃいですよね？」

「たぶん四、五歳くらいだと思う。父はだいたい二年か三年で転勤していて、でも、兄が中学に進む前に滋賀へ戻って、それ以降は単身赴任になったのよ」

あかねはパンを呑《の》み込んだ。

「そんな小さい子供に、人は殺せないと思うんです」

フロイトもヲタ森も同じように考えているはずだ。十歳くらいの子たちが二歳の子供を殺してしまった事件なら、海外であったようにも思うけど、四歳やそこらの子供が人を殺すなんてできるはずないし、しようとも思わないはずだ。姫香は表情も変えずにサンドイッチを食べている。バゲットとハムをがぶりと嚙んで、イチゴミルクを飲みながら咀嚼《そしゃく》する。目を開けてはいるけれど、何も見ていないみたいな顔だ。

「でも殺したの」

落ち着いた様子で姫香は言った。

「生まれつき歪んでいるのよ。心の中は闇だらけ。それも当然だったんだなって……自分の闇を……決定的に思い出すのが怖かったのかも。だから夢の続きを見たくなかった。どこの場所かも知りたくなかった。勘違いのままにしておきたかっただけなのよ。自分が何者か、思い知るから」

「プリンスメルはプリンスメルだろ？　自分を魔物か、神様か、そう思いたいのはわかるけど、んなのはバーチャルだけにしとけよ」

ヲタ森はがぶがぶとお茶を飲む。

「淡い期待を抱いてもさ、俺たちはただの人間で、魔力も奇跡もないんだよねー」

慰めや励ましのつもりなのかもしれないけれど、あまり心に響かない。

あかねは痛々しげに顔をしかめた。そもそもできるはずがない。四、五歳の子供なんてオモチャみたいで、ランドセルから頭と足が少し飛び出るくらいじゃないか。手のひらだって小さくて、すばしっこいけど力はなくて、片手で抱けるほど軽いのに。

フロイトは別のことを考えているらしく、殺人の話題以外を口にした。

「記憶と夢がない交ぜになっているほか、家のパステルカラーがパーティーの記憶と入り交じり、お菓子の家というキーワードが生まれたんだと思うんだ」

齧《かじ》ると焼きそばが移動するパンを、右、左、真ん中の順に食べていく。はみ出た焼きそばをこぼさずに食べるのは難しいのに、フロイトは達人だ。ニンジンもピーマンも入っていない焼きそばパンだから、そうできる。

「人殺しっていうのは、比喩か冗談なんですよね？　場所はホントにあったとしても、そこから先はただの夢でしょ？」

誰にともなくそう訊くと、ヲタ森が答えた。

「当然そっちも調べたよ。プリンスメルが千葉にいた頃、周辺で死んだ子供は年間数十人。プリンスメルが夢に見る年齢の子供で絞ると不慮の事故死もけっこういる」

「え」

驚いたのはあかねだけで、お昼を買っている間に、みんなは情報を共有していたようだった。

「不慮の事故ってなんですか」

ジャムパンを食べるのをやめて訊く。姫香は表情を崩さない。

「厚生労働省のまとめを見ると、五歳から九歳までの子供の死亡数に占める不慮の事故死の割合は十五パーセント程度。不慮の事故は自殺や交通事故とは違うから、まあ、それ以外の原因だよな。多そうなのは熱中症とかさ、溺死とか転落死とか、案外子供に多いのが、喉に飴玉《あめだま》やブドウを詰めたとか」

「そんなデータがあるんですね」

「あるよ」

　ヲタ森は簡単に言う。

「で、もっと細かく調べていくと、メルヘン街周辺で起きたとみられる不慮の事故は一件で、死んだのは六歳の男の子。死因はまさに不慮の事故死で、プリンスメルが団地の社宅にいた頃なんだな」

「アイスクリームで溺死したのよ」

　バゲットを食べるのをやめて姫香は言った。まだ半分残っているのにパッケージに包み直してリュックに押し込み、イチゴミルクを一気に飲んだ。

「金魚鉢みたいなパフェで溺れたの。顔にスプレーチョコを貼り付けて」

　あまりに突飛なシチュエーションに、あかねは言葉を失った。

　フロイトは目を伏せて食事を続けている。

　ヲタ森を見ると、首をすくめてこう言った。

「突飛すぎて、笑うところかどうかわからないだろ?」

　あかねが口をパクパクさせていると、ティッシュで口を拭ってフロイトが言う。

「調査の必要はあると思うね。その時の詳しい状況含め」

そして姫香を振り向いた。

「夢の世界は交錯している。真実、嘘、空想、記憶……様々なものが入り交じっているからね」

「調べてみたからわかったでしょう。本当に六歳の子が死んでいるのよ？　あたしは嘘を言ってない」

「誰も嘘とは言ってない。調べてみようと言ってるだけだ。ぼくに責任を取って欲しいんだろう？」

食事のあと、姫香は黙って外へ出て行った。

心配になって窓から覗くと、彼女はプレハブの周囲を歩きながら梢を見上げて、時々手のひらに木漏れ日をすくいとっている。森は落葉が始まって、空が広くなってきた。夏の間は薄暗いだけだったのに、さすがの葛も勢いをなくして、光が射し込んでくるようになったのだ。太陽が強いときには葉陰を作り、弱くなったら葉を落として日光を分け合うなんて。自然はとても優しいなあと、あかねは思う。

「ホントに人を殺したんでしょうか」

小さな声で訊くと、

「どうだろう」

　フロイトは複雑な表情をした。

「逆に信憑性《しんぴょうせい》を感じてね。アイスクリームで溺死とか……想像ならもっと普通のことを言うだろう？」

「卯田さんに関係あるのは、やっぱり不慮の事故死の六歳でしょうか？」

「だから、そこは調べてみないとね。根深い悪夢にはそれ相応のトラウマというか、理由が含まれることはわかってんだからさ。そうでもなきゃ、何年も同じ悪夢を繰り返し見るなんてことがあるかよ」

「同じシチュエーションで同じメッセージを持つ夢は、記憶の底に封印したはずのものが睡眠中に夢のかたちをとって表出したとも考えられる。厳密には夢ではなくて、彼女が処理したいと望んでいる記憶かもしれない」

「処理できるんですか？　どうやって」

「今までだってやってきたろ」

　と、ヲタ森が言う。

「それよりさ、ペコはこの実験結果をちゃんとまとめなくていいの？　卒論に使うんだよね？　テーマ決めたの自分でしょうが」

「そうでした」

あかねはデザートに食べようと思っていた白玉団子を脇へ寄せ、

「あとでちゃんと食べますからね」

と、ヲタ森に言った。

「なんでオレに宣言するの」

「言っとかないと食べられそうだからですよ。ちゃっかり保存食の引き出しに入れられるとか」

「バカだな、オレには干し芋が……」

言いかけてヲタ森は立ち上がり、裏に吊した干物のカゴを見に行った。

「なにやってるんですか」

「いや……プリンスメルが毒とかかけたら厭だなって」

彼女を信用していないんですかと言うべきなのに、殺人者だと宣言している姫香を見ると、言葉に出せない自分がいる。姫香の姿は干し芋のそばにはなくて、プレハブを一周して戻ってきた。

犯したという殺人について詳しい話を聞く必要があるということで、午後の実験は中止され、フロイトが聞き取り調査の時間を作った。研究所は狭いから、入口ドアと中央テーブルの間に椅子を置き、姫香とフロイトが向き合って座った。あかねとヲタ森はなるべく離れ、壁際を占領しているヲタ森専用デスクの前に移動する。来訪者が来るたび二人が落ち着くポジションだ。

　これ以上研究員が増えたらどうするのだろうとあかねは思い、その頃には自分がいなくなっているという事実に胸が痛んだ。ここに棲み着いているヲタ森を、最初は変な人だと思ったけれど、今では彼の気持ちがわかる。

「では、順を追って話してくれないか」

　静かな声でフロイトが訊く。姫香は神妙な面持ちだ。

「夢で行くのは水色の家で、パーティーをやってるの」

「なんのパーティー？」

「わからない」

「誕生会？」

「違うと思う」

「なぜ違うと思うの」

「バースデーケーキがないから」

　姫香の答えは明快だ。自分ならそこまで深く考えないとあかねは思う。

「どんな人たちが来ているの？」

「わからない。次に見えるのは大人の顔よ。覗き込んで、笑ってる」

「子供は？」

「いない。大人だけ」

そして姫香は首を傾げた。

「変ね……風船やお菓子があるのに……」

抜け落ちた記憶があるのかもしれない。目覚めるまでは覚えていても、起きると夢は曖昧になる。それは押し寄せる不安と相まって、より印象的な地下室のシーンへと続いていく。

「地下室……」と、姫香は言った。

「そうよ。どうして今までわからなかったんだろう。あれは地下室……だったんだ」

フロイトは無言で先を促した。姫香は語る。

「子供たちは庭や地下室にいるのかも。パーティー会場は大人だけ」

「その家には地下室があるんだね」

「地下室にオモチャがあるから。子供のための部屋って感じ……ああ……だんだん思い出してきた」

姫香は眉間に縦皺を刻むと、体を起こして拳を握った。中空を睨んで記憶を辿《たど》る。

「ピアノ教室……そこはピアノ教室だったのよ、そう、なんで忘れていたんだろう。地下に子供たちが遊ぶ部屋があって、レッスンが終わるとお菓子がもらえて……大好きな家だった」

　出てくるマテリアルがパステルカラーの町にぴったりだ。ケーキ、お菓子、水色の家にとりどりの花、勝手に妄想が膨らんで、もしも自分が子供だったら虜《とりこ》になっていただろうと思う。

「夢の続きを訊いてもいいかな。きみは地下室で何をしてるの」

　フロイトを見る姫香の目に怯えが宿った。白目が少し充血し、黒目は濡れて光っている。姫香は首を左右に振った。

「なにもしてない。聞こえたの……叫び声？」

　と、首を傾げた。

「誰の」

「女の人よ。先生かも……ピアノの先生」

「その人はなぜ叫んだの」

「男の子が死んだから……だと思う」

　喘《あえ》ぐような言い方だ。フロイトは立ち上がり、姫香の前に進んで訊いた。

「記憶を蘇《よみがえ》らせる方法があるけど、試してみるかい？　それとも怖い？」

　姫香はまたも首を振る。否定か肯定かわからない。フロイトはもう一度訊いた。

「思い出す勇気はあるかい？」

今度はハッキリ頷いた。フロイトは姫香の前に手のひらをかざす。

「リラックスして、目を閉じるんだ」

彼が手を引いたとき、姫香は目を閉じていた。

「きみは四歳。もしくは五歳」

そしてフロイトは、姫香がイメージの中で子供に戻っていくのを待った。

「水色の家ではパーティーをしている。きみは退屈して地下室へ向かう」

「そうじゃない。退屈したから行くんじゃないわ」

「じゃあ、なぜ？」

「わからない……たまたまかな」

「オッケー。それでは先へ進もう。いま見えるのは？」

「廊下……壁紙は薄い緑で、全体に唐草模様がある。間仕切りは白で、扉も白よ。突き当たりに絵が掛かってる。何を描いたものかわからないけど、不思議でいつも見てしまう。前衛芸術っぽい絵なの。子供が描いたみたいな絵だわ」

「地下室はその先かい？」

「違う。脇よ、階段の下。扉があって、そこから下りるの。レッスンの順番を待つ子は入っていいの。絵本やオモチャが置いてある」

「そのときのように入ってごらん」

瞼の下で眼球が動く。姫香は映像を見ているようだ。

「地下室は幼稚園の教室みたい。子供用の椅子とテーブルがあって、天井が、見たこともない感じで……今ならわかるわ。サンルームの天窓よ、とても明るい」

「誰がいる？」

目を閉じたまま、姫香は周囲を見回した。

「柱で見えない」

「でも、誰かはいるんだね？」

「いるわ」

「大勢？」

「わからない。柱で見えないけど……大勢じゃないと思う」

「どうしてわかる？」

「どうしても」

「それで、きみはどうするの？」

姫香は拳に握った手をひらき、柵をつかむような仕草をした。首を傾けて覗いている。そしてハッと表情を変えた。

「どうした？」

と、フロイトが訊く。姫香は目を開けて答えた。

「……夢の続きを見失ったわ。勝手に入っちゃいけない気がして……でも、そこで遊んだことがあるから、禁止されていたわけじゃないと思う」

フロイトはチラリとあかねたちを見て、それから姫香に視線を戻した。

「誰かがきみを叱ったの？」

姫香は大きく首を傾げた。

「いま、どんな感じがするかい。悲しいとか、怖いとか」

「びっくり……かな」

「何にびっくり？」

「わからないけど」

「もう一度目を閉じてごらん」

と、フロイトが言う。姫香は素直に従った。

「……ああ……そうか……正確に言うと『気まずい』かな。そんな感じ」

「何が気まずいんだろう」

「叱られたからだと思う。私はまだ小さくて、小さい子のグループにいなきゃいけなかったのに、大きい子たちはみんなで一緒に大きいパフェを食べてたの。プラスティックのスプーンで食べるんだけど、小さい子は輪に入れないから、小さいカップでもらうのよ。でも、私は大きいのを食べたかったの」

「大きい子は地下室で食べる？　そういうこと？」

姫香は首を傾げて言った。

「わからない……夢だから辻褄《つじつま》が合っていないのよ。大きいパフェの話は思い出したというだけで、夢じゃないから……でも、女の人の叫び声は夢の話よ」

姫香は眉間に皺を寄せ、「途中が抜けているのかも」と、つぶやいた。

「ムリをしなくていいから、見えていることを教えてくれないか」

姫香は薄く頷いた。

「次に見るのは男の子。あたしはそれを見るのが厭で夢をブロックしていたの。でも今日は最後まで見たわ。その子は金魚鉢に頭を入れて、足をバタバタさせている。青いプラスティックのスプーンを握ったまま、どうしてあれを放さないんだろうと不思議な気持ちであたしは見ている。金魚鉢が頭にはまって抜けなくなったの。不思議な光景……今ならわかる……窒息するって……」

ゾッとして、あかねはヲタ森との間を詰めた。キャスターの滑る音がした。

「もうムリ！」

姫香は突然目を開き、吐き捨てるようにそう言った。リストバンドは外したままだが、心拍数が上がっているのは予測可能だ。それが証拠に疲れ切った顔をしている。

「たとえ頭を押さえつけなくても、ああなったら子供は死ぬわ。あたしがどんなに小さくたって、弾みであんなふうになる。たとえば背中にアタックするとか……」

　涙で両目が光っている。彼女はそのあとで大人の悲鳴を聞いたのだろう。

「夢の中で先生が言うのよ、なにをしたの。ダメでしょ。悪い子、悪い子、いったいなにをしてくれたのって」

　姫香は拳で涙を拭った。

「言いつけを聞かないからよ。やっちゃダメって言ったのに、そう言ってあたしを責める」

　フロイトは身を乗り出した。

「それで、きみはどうするんだい？　夢の中では」

「ごめんなさいと謝るんだけど、男の子は生き返らない。死んだんだもの」

「たしかに不慮の事故ですね――」

　ヲタ森が初めて口を出す。

「――殺人じゃなくて事故ですよ」

「そうじゃない。殺人よ」

　姫香は言った。フロイトがじっと顔を見る。

「どうしてそう言い切れる？」

「だって……そのあと先生が……あたし、思い出したんだから……」

姫香は大きなため息を吐いた。

「隠蔽《いんぺい》してくれたのよ。誰にも、なにも言っちゃダメって、全部忘れてしまいなさいって、怖い顔でそう言うの。なにも見てない、聞いてない、忘れなさいって何度も言って、ピアノ教室へ行くたびに、あたしは自分が怖くなる。先生の監視が厳しくなって、他の子と遊んでいるときも、何かするんじゃないかと見張りに来るの。あたしがまた誰かを殺さないかと、先生はそれが心配だったの。そうよ、思い出した、あたしがやった……たぶん、その罪悪感で、悪夢を見るようになったのよ。夢の中で先生は言うの。いいのよ、わざとじゃないもんね。黙っていてあげるから、私はあなたの味方だから、内緒にしといてあげるって」

「なんつか、根が深そうですね」

ヲタ森は難しい顔をした。

「ご両親はそのことを？」

姫香は左右に首を振る。

「いまにして思うと、滋賀へ帰ったのはお兄ちゃんのためじゃなく、あたしのせいだったのかな。そのことがあって千葉にいられなくなったとか」

「死んだ子のことは？　何か覚えていないんですか？」

あかねが訊くと、姫香は顔を上げて答えた。

「意地悪な子だった記憶がある。乱暴で……強くピアノを叩くのよ。そういう弾き方はしちゃいけない決まりだったのに……あとは何も覚えていない。嘘みたいに忘れてた。でも……」

自分の胸に拳を重ね、姫香は何度も頷いた。

「あたしの一生は、たぶんあの時に決まったんだ。P臭なんて呼ばれちゃうのも、あれのせいだったんだと思う。誰かと親しくなるなんて、そんな資格は初めからなかった。理由のわからないイライラも、人の幸せが妬ましいのも、アイスクリームが嫌いなのも、たぶん、みんな、あれのせい」

姫香は立ち上がり、床のリュックをひったくった。

「ちょっと待て」と、ヲタ森が言う。

「帰るの？　え？　自分勝手に納得してさ、トンズラこくとか思ってないよね」

「……もう悪夢は見ないと思う」

姫香は一瞬動きを止めた。

「そんなの、わからないじゃないですか」

あかねも思わず立ち上がる。姫香は歪んだ顔で振り向いた。絶望なのか、諦めなのか、決定的に悲しみに満ちた表情をしている。

「そうかも。一生見るかも。仕方ないでしょ、あたしはそういう人間だから」

姫香は、一発合格間違いなしといわれた大学受験に失敗し、その後もずっと所沢で一人暮らしを続けている。でも、それはただの意地からではなくて、過去のせいだったのだろうか。彼女は、だから夢売りになった。大嫌いな自分を大嫌いなもので覆い隠して、したたかに生きようともがいていたのに、フロイトに悪事を暴かれて行き場を失っているのかも。歓迎されないとわかっていても、姫香が毎日ここへ通って来たわけを、あかねは今こそ理解した。

「実験が終わるまでいてください。協力するって言ってくれたじゃないですか」

「協力はした」

姫香はそうつぶやくと、ドアを開けて出ていった。誰よりも素早くあかねは飛び出す。そして、オレンジ色に染まった森をズンズン進む姫香を追いかけた。

「ついてこないで」

「わかりました」

さらに歩いて、姫香は言った。

「だから、ついてこないでよ」

「たまたま行く先が同じなんです」

夏の暑さでやられた木から、チリチリの葉っぱが降ってくる。それをスニーカーで踏みつけて、姫香は獣道を行く。怒った肩と俯いた首が、自分が嫌いと叫んでいる。

よくわかる。私もずっとそうだったから。脳天気で、軽薄で、流され続ける自分のことが誰より一番嫌いだったから。でも、それを認めてしまうと生きていくのが辛すぎて、だから見ない振りを続けてきた。自分が変われるなんて思っていなくて（今も思っていないけど）、でも、少なくとも知っている。そんなふうに考えているのは自分だけじゃないってこと。カスミも、ヲタ森さんも、フロイト教授だって、悩んでいる。悩んで、もがいて、生きている。

「卯田さん」

呼んでみたけど答えはなかった。あかねはもう一度、「卯田さん」と言った。

「なによ」

姫香はますます速度を上げる。こんなときこそ彼女の前に幽霊が出たらいいのに。けれど森は静かなままで、日射しが金に光っている。

「フロイト教授に何をもらったんですか？」

訊くと姫香は顔を上げた。

「何ってなに？　何ももらってなんかない」

「今日じゃないです、この前ですよ。大学の封筒をもらっていたじゃないですか」

「ああ……」

姫香は足を速めて言った。

「AO入試の願書と案内」

そうだったのか！　部外者が研究室へ通い続けるには限界があるから、いっそ学生になってしまえと、フロイト教授はそう言ったんだ。成績優秀な姫香なら、きっと試験をパスするからと。

「いいなあ」

あかねは思わず本音をこぼす。森の出口で足を止め、姫香は初めて振り返る。

「何がいいのよ」

すごく攻撃的な目だ。窮地に立った小動物が反撃に転ずるときの目とでもいおうか。そんな場合じゃないというのに、そのときあかねが感じたものは、後がないと知ってしまった姫香の悲しみだった。あかねは素早く時間を確かめ、姫香の腕をギュッとつかんだ。

「なによ」

「卯田さん、走って！　こっちです」

強引に腕を引き、回廊へ駆け込んだ。

そこから先は腕を放して、姫香の先を走って行く。姫香はあとをついてきた。

「ちょっとなんなの、説明してよ。もうーっ」

基本的にあかねはどんくさいが、それゆえ稀《まれ》に発する瞬発力は他者を巻き込む威力を宿す。頭がよくて狡猾で、孤独で悲しい姫香のことを、あかねはどうしても放っておけない。だからって最善策があるわけじゃない。考えなんかひとつもない。あかねは走って、走って、走って、おばちゃん食堂のある棟へ、ついに姫香を連れてきた。

「うわ……もう……あんた、なんなの……信じられない」

二人でエレベーターに乗ったとき、ゼーゼーと喘ぎながら姫香は言った。

「今日のデザート、『栗《くり》きんとん』なんですよっ。真ん中にリンゴの甘煮が入っているやつ。栗って手間がかかるから、今日を逃すと来年まで食べられないんです」

「はあっ？」

と、姫香は目を剝いた。

「あんた、あたしの話を聞いてなかったの？　生まれながらの殺人者って、あたしが告白したでしょう？　親も知らない話をしたのに、どういうつもりで聞いてたの」

「悲しいつもりで……あ、ちがう……悲しい気持ちで聞いていました」

「訂正箇所はそこじゃない」

チン！　と音がして扉が開いた。

オーダーストップの時間も過ぎて、黒板に『営業終了』の文字がある。

「しかもすでに閉まっているし」

姫香は下りのボタンを押そうとしたが、その手を強引に引っ張って、あかねは食堂へ入っていく。

　おばちゃん食堂は凝った意匠がひとつもなくて、厨房前に長くつながるカウンター、配膳台と返却食器の自動洗い場、窓辺に一人掛けのカウンター席があるほかは、だだっ広い空間にテーブルと椅子を並べてあるだけの、ごく簡素な空間だ。時刻は午後三時少し前。食事をする学生の姿はもうなくて、おばちゃんたちは厨房を出て、テーブルを何台か向かい合わせに並べ直して、まかない食の準備をしていた。お惣菜《そうざい》の売れ残り、ごはんも汁も売れ残り、そこに自宅から持ち寄ったと思《おぼ》しき漬物や果物が添えられている。

「あら。ごめんね、今日はもう」

　言いかけて、タエちゃんはあかねに気付いた。「あらあら」と笑う。

「梅干し？　お店はもう閉めちゃったけど」

「そうじゃないんです」

　モジモジするあかねにタエちゃんは一瞬だけ目を細め、それから厨房のほうを見た。

　基本的に、おばちゃん食堂にはおばちゃんしかいないのに、この日は厨房に三十歳くらいの男の人がいて、別のおばちゃんと話をしている。

「助かったわー。悪いわねえ、今日は腰が痛くてさ」

　男の人は外へ出てきた。

「いえ。お安いご用です。それにしても、ここのお釜は重いですね」

「鉄釜なのよ。これで炊くと美味しいから、不便でも使っちゃうのよね」

誰なのかなと思って見ていると、タエちゃんは新聞紙に包んだものを、

「残り物で悪いけど、これ、食べてもらえるかしら」

立っていって彼に渡した。

「つい作り過ぎちゃうのよね。もう若い頃みたいに食べられないのに」

テーブルの周りでおばちゃんたちが、「こう見えて小食なのよ」と、笑っている。

男の人は包みを受け取ると、恐縮しながら出て行った。

「誰ですか？」

あかねが訊くと、

「お客さんよ」

と、タエちゃんは答えた。

「それで？　梅干しじゃないなら、どうしたの」

テーブルにはごはんの準備ができている。色とりどりのお惣菜に目をやってから、
あかねは言った。

「リンゴが入った栗きんとんは、まだありますか？　友だちに食べさせたかったんだけど」

タエちゃんは椅子を二つ引き寄せて、おばちゃんたちの隙間に並べた。

「まあ座りなさい。あなたも座って、こっちへおいで」

突っ立っている姫香の袖を引き、あかねは椅子に座らせた。

おばちゃんたちがお皿と箸を配ってくれる。

「今日の余り物だけど、よければつまんでいきなさい」

「そうそう。若い子は食べ盛りだものね」

「栗きんとんは売り切れたけど、リンゴの甘煮はまだあるよ。はい、どうぞ」

名前も知らないおばちゃんが大きなタッパーを開けてくれる。中には透き通ってクリーム色をしたリンゴの甘煮が入っている。ここのリンゴは酸味があって味が濃く、色もきれいだ。白いお皿に取り分けると瑪瑙《めのう》で作った細工物のように艶々している。

「ありがとうございます」

あかねは姫香の前に皿を置く。

「これは紅玉《こうぎょく》っていう古い品種のリンゴでね、今では作ってる農家さんが少ないの。皮が薄いから生食でも美味しいんだけど、傷みが早いから流通には向かなくて、でも、アップルパイには最高なのよ。栗きんとんにもよく合うでしょう？　リンゴはともかく栗はなかなか手間がかかって」

「鬼皮も渋皮も剝くのが大変なんだよね」

「秋だから学生さんに食べさせてあげたいと思って頑張ってはいるんだけど、年々手が辛くてね」

この食堂の責任者はタエちゃんで、おばちゃんは十人以上いる。みんなけっこうな年だけど、重いお釜も味噌汁入りの大鍋もガンガン持ち上げて作業する。早朝からこの時間まで活き活き働く姿を見ていると、腰が痛いとか、手首が辛いとか、そういう感じは微塵もない。

「……偽善者……あの人に食べ物を恵んだくせに」

突然、姫香がそう言った。ナイフのようなその声は、和気藹々とごはんを食べていたおばちゃんたちに斬り込んで、場の空気が一気に凍った。さすがにマズいと思ってか、姫香はさらに言葉を重ねる。

「さっきの男の人って、隣の大学の人でしょう？　今頃の時間になると近所の大学の食堂を回って、余り物を漁っているのよ。知らないの？」

「そうなんですか？」と、あかねは訊いた。

「卯田さんは、どうしてそれを知ってるんですか」

「別に、見てればわかるわよ。大学の食堂は安いから、ああいう輩《やから》が狙うのよ」

姫香はプイッと顔をそむけた。

「恵まれるのも恵むのも、悪いことでもいいことでもないわ。お互い様ってだけ」

タエちゃんが軽い感じでそう言って、おばちゃんたちは、またごはんを食べ出した。

「おばさんたちは優越感でやっているのかもしれないけれど、恵まれる方は惨めなだけよ。偽善者じゃないの」

「卯田さん」

タエちゃんは視線であかねを黙らせた。

「そういうことはね、本人が一番よくわかっているのよ。でも、人生って結構長くって……そうねえ……あれは押しつけでも偽善でもなく……あなた好みの言い方をするなら……」

タエちゃんは少し考えてから、「投資かな」と、微笑んだ。

「生きていると、自分だけの力ではどうにもならないことってあるのよ。彼は苦学をしているけれど、いつか、もの凄い発明をするかも。しないかも……それはどうでもかまわない」

ニッコリ笑う。

「優越感じゃなくて恩返しなの。あなたが言うように、自分のためにやっているのよ――」

姫香は怪訝そうな顔をした。

「――私たちもしてもらってきたってことだから、次の人に恩を返すの」

姫香の目に攻撃的な色が浮かんだ。背筋を伸ばして前のめりになり、険のある声で言い返す。

「結局は善意を見越して足下見られてるんじゃない。向こうもそれをわかっているのよ。利用されてるだけなのに、悔しくないの？」

「ぜんぜん」

「じゃ、みんなに施せばいいじゃない。お金を工面して学食を使う学生たちはどうするの？　不公平でしょ」

タエちゃんは体の正面を姫香に向けた。

「真意を見透かされているとわかっていても、そうせざるを得ない人の気持ちを考えたことある？　ある人はプライドを選んで飢え死にをする。ある人はプライドを捨てて生きようとする。どちらが正しいか議論するのは虚《むな》しいけれど、彼はお金の代わりにプライドを払っているの。なにひとつ支払えない者に彼を非難する資格はないわ」

言われて姫香は黙ってしまった。

「リンゴをお食べ」

と、別のおばちゃんが言う。

「いいわねえ、若い人は。知ってる？　外国の大富豪がね、若返りのためなら何億円払ってもいいと言ったんですって。若い人は億万長者なのよ」

「あたしは今が一番いいね。若いってけっこう大変よ？　恋愛、就職、勉強に人間関係……戦っていた記憶しかないものね。今が一番幸せかねえ。若い人に囲まれて、ごはん作っていられる今が」

「……戦ったなんて……嘘ばかり……戦後生まれのくせに」

姫香は口の中でブツブツ言った。

「卯田さん、リンゴを食べてみて？　無茶苦茶美味しいんだから」

宝石のようなリンゴは冷たくて瑞々《みずみず》しくて酸っぱくて、お鍋一杯ペロリといける美味しさだ。喉の入り口を通過するとき、頭の芯まで香りが届いて、柔らかく滑って落ちていく。リンゴってこんな味だったっけ？　栗きんとんなしでもぜんぜんいける。

煮たリンゴがこんなに美味しいなんて、あかねはちっとも知らなかった。

「小松《こまつ》さんが長野の出身で、子供の頃は紅玉がおやつで、煮たのがいつも冷蔵庫にあったんだって」

「季節になると箱で買ってね、おばあちゃんが台所に置くんだよ。芋やらタマネギやら、あの頃はみんな箱買いで、お勝手の隅に段ボール箱を積み上げて、横っちょに穴を開けてね、手を突っ込んで出すんだよ。紅玉は小さくて子供のおやつにちょうどいいのよ。丸くて赤いリンゴで、ズボンやシャツで磨くと宝石みたいに光ってね、誰のリンゴが一番きれいか、みんなで競争したものよ。その少し後だったかしらね？　ふじという品種が出始めて、そうしたら、あっという間になくなって……国光《こっこう》とか、デリシャスとかね、消えた品種は多いのよ」

これは味付けがイマイチだとか、これは明日も出そうとか、おばちゃんたちはもり食べて、ガンガン喋《しゃべ》る。あかねはリンゴを三切れも食べたが、姫香は唇を真一文字に結んだまま動かない。

「……私たちだって戦ったのよ」

タエちゃんが静かに言った。

「若い人に話しても笑われるだけだから、みんな話そうとしないだけ。過ちもずいぶん犯してきたの」

おばちゃんたちの会話が止まる。タエちゃんは膝に手を置いてこう言った。

「今は平和で、でも、ときどきそれが不安になるの。あの頃はもっと空気が動いていてね。私たちは戦った。比喩じゃなく、文字通りに戦ったのよ」

別のおばちゃんも穏やかに言う。

「学生運動の頃だったからね。あたしたちの青春時代は」

「戦わなければ腐っていくと思って怖かったんだよ。とにかく手足を振り回して戦わなくちゃダメだって。そうね……明日のことくらいは考えたけど、一年後のことなんか、考えもしなかった」

「そうそう。明日は死んでいるはずだと思っていたもの」

タエちゃんは優しい目をしてあかねたちを見た。

「主義主張も、学問も、恋も、全てが命がけだったのよ。あの情熱はなんだったのか……内側から湧き上がってくるものに焼き尽くされてしまいそうだった。酔っていたのかもしれないけれど、追われるような気持ちでもあった。若かったのよ。私たちには自信とプライドしかなくて……恋もした……人も殺した……恋人を失った……人生も未来も失ったと思ったわ……でも、そうじゃなかった」

あかねは驚き、さすがの姫香も顔を上げた。

おばちゃんたちは静かにこちらを見つめている。おばちゃん食堂の陽気で無害なおばちゃんたちが知らない顔を見せたのだ。突然別の次元に転がり込んで、別のおばちゃんたちと対峙しているような錯覚に陥った。タエちゃんは静かに頷く。

「伊集院学長は同じ大学の後輩だったの。左右の目の大きさが違うから、それを隠すためにサングラスをかけていてね……彼は哲学者で、孤独で、ニヒルだったわ。今も細いけど、当時はもっと細くてね。長髪で……彼だって若かったのよ。ずいぶん後になってからだけど、大学を創りたいなんて、話を聞いたときは驚いたけど、伊集院くんならやると思った。おばちゃん食堂の構想も、すごく彼らしいと思ったから、私たちは協力したの。結果として、今は彼に感謝しているんだけどね」

「もしかして……タエちゃんが失った恋人って、学長ですか？」

あかねが訊くと、タエちゃんは笑った。

「違う違う。伊集院くんと恋愛関係はなかったけれど、ひとつの時代を一緒に過ごした同志ではあるのよ。彼もまた戦士だった。あの頃の若い人たちがみんなそうだったみたいにね。だって、誰も私たちに教えてくれなかったんだもの。人はみな年を取るものだなんて」

「ほんとにね」

と、誰かが笑った。

「自分が婆《ばあ》さんになるなんて、これっぽっちも思っていなかったものね」

「若さよねえ」

そしてまたお喋りが始まった。

何があって、誰が誰を殺したというのか、説明もないままタエちゃんは言う。

「やっとの思いでそこまで行くとね、その先も、そのまた先も人生は続いてる。どうせそうなら」

いっそ贅沢《ぜいたく》に生きなさい。と、タエちゃんは言った。

「四十までは自分のために。そこから先は誰かのために。誰かのためにできる何かがあるかどうかが重要なんだと、今は思うわ。正しいとか、正しくないとか、そんな小さなことではないの。いつかわかるわ。一生懸命に生きていれば」

なにを思ったか、姫香はガッとお皿を摑み、リンゴの甘煮を箸で刺した。そのまま口に入れようとしたけれど、甘煮は砕けて、透明な汁が服にこぼれた。かまわず姫香は皿を傾け、お茶漬けを啜《すす》るようにリンゴを食べた。

「美味しい？」

あかねが訊くと、頷いた。

姫香は無言で立ち上がり、おばちゃんたちに頭を下げると、黙って食堂を出ていった。あかねは慌てて、自分と姫香のお皿を重ねた。

「あの、あの……ごちそうさまでした！」

姫香を追いかけようとした時に、おばちゃんたちの声がした。

「明日はね、ブドウのムースよ」

「熟し切っちゃったピオーネがあってね、もったいないからソースにしたの」

「よければ食べにいらっしゃい」

戦士だったおばちゃんたちに見送られてあかねが食堂を飛び出すと、姫香の姿はどこにもなかった。

5 ヲタ森マジックと姫香の秘密

翌日は、やっぱり早めに寮を出た。卒論のために実験結果をまとめたり、リポートを書く準備をするのに夢科学研究所のパソコンを使おうと思ったからだ。データはメモリに入れて持ち歩き、自室でも図書館でも、どこであっても、作業を進めておかなければと考えていた。

人は誰でも年を取る。けれど、誰もそれを教えてくれなかったというおばちゃんたちの言葉を、あかねは自分なりに考えた。生き物が年を取るのは当たり前のことだけど、おばちゃんたちが言ったのは、たぶんそういうことではないのだろう。自分は一年後のことを真剣に考えていなかったばかりか、三十歳になった自分や四十歳になった自分のビジョンなどまったく持ち得ない。

だって、想像できるはずがない。いつか自分もタエちゃんや学長くらいの年齢になるなんて。

早朝の夢科学研究所にはヲタ森だけがいて、その後フロイトが顔を出したが、あかねが講義を終えて戻った午後になっても、姫香は姿を現さなかった。

あれでお別れだったのだろうか。

突然ここに現れたように、姫香は突然去ったのだろうか。

ドアの脇には二脚の折りたたみ椅子が、座れる状態で放置されている。来た頃は床に放っていた黒いリュックを、いつしか姫香は椅子の背もたれにかけるようになり、やがてもう一脚椅子を出し、荷物をそこに置くようになった。デスクもパソコンもないのに手持ち無沙汰の様子も見せず……あかねは思い出してみる。ここにいるとき彼女は笑顔だっただろうか。それとも敵意を剝き出しにして、狡猾にチャンスを狙っていたのだろうか。笑顔は思い出せないけれど、悪い印象はほとんどなかった。

「卯田さんは、もう来ないんでしょうか」

独り言のように呟くと、ヲタ森は不機嫌な声を出した。

「あ？　もともとここの人じゃないでしょ」

「でも、実験が途中だし」

「別の被験者探せばいいでしょ。無責任な相手に振り回されずに」

そしてカチャカチャとキーを叩いた。

ヲタ森のパソコンには、なんだかよくわからない複雑な図形が浮かんでいる。

本日は曇り空。干し芋のカゴはバックヤード手前の風通しのいい場所に移動した。夕方から雨の予報だからだ。

「昨日、あれから二人でおばちゃん食堂へ行って、おばちゃんたちと話したんです」

振り向きもしないので、勝手に続ける。

「学生運動って知ってます？　タエちゃんたちの青春時代は学生運動だったんですって。恋人も失ったし、人も殺したってタエちゃんが……ビックリですよね？　なんか世界が変わった気がして」

「五十年くらい前だよね？　熱い時代だったんだよ」

「明日死ぬかもしれないって、どんな気持ちだと思います？　誰が誰を殺したんでしょうか」

「うるさいなあ」

ヲタ森は椅子を回してあかねを睨んだ。

「誰だって明日は死ぬかもなんだって。ペコがここを出たときに、腐った木が倒れてきてつぶされるかもしれないし、乗ったバスが事故に遭うとか、地震がくるとか、通り魔とかさ……んなことばっかり考えてたら生きてけないし、じゃあ、シェルターで一生過ごして幸せなのかって話だろ？　考えても無駄だから考えないだけで、みんなそうなの、同じなの」

「いわれてみればそうですけど……」

「リスクはいつだって、どこにだってあるんだよ。仕事しろよ、仕事を」

「卯田さんはもう来ないんでしょうか」

「オレのこと怒らせたいの？」

あかねは静かにパソコンに向かった。キーボードがカチャカチャいう音と、マウスのクリック、時々ヲタ森が小さく「クソ」と吐き捨てる声の他にはとても静かな時間が過ぎて、どこかでお昼の鐘が鳴り、突然ヲタ森がこう言った。

「プリンスメルのトラウマだけどさ、やっぱ怪しいところが出てきたぞ」

「なんですか？」

独り言かもしれないけれど、あかねはすぐに反応した。ヲタ森は振り向きもせずに、

「……うん」と言う。

席を立ってヲタ森のモニターを見にいった。彼がいじっていたのは姫香の頭から取り出した悪夢のデータだったらしい。前衛的な線の多くがすでにレイヤー分けされて、想像力を働かせれば何が見えるかわかりそうな程度まで加工され、一部は画像として完全に作り上げられていた。

たとえば、いまモニターに表れているのは夢に出てきた家の廊下だ。ヲタ森はもともと被験者の話から夢を映像に起こす技術に精通していて、だからCGによる三次元

画像に表れる歪みの補正が大得意である。専門用語ではパースペクティブコレクトというらしいが、あかね的には『ギザギザ画像をなめらかにする技術』だ。無からでも映像に起こせるのだから、線のガイドラインがあるというのは無敵なわけで、モニターにはメルヘンチックな家の廊下が完璧に再現されている。床は白っぽいフローリング材、白い幅木にアンティークな壁紙、さながら写真のようだ。

「ふぁっ」

あかねは変な声が出た。

「本物の写真みたい。凄すぎる」

「そうでもない」

と、真面目な声でヲタ森は言う。

「家や内装の再現は比較的簡単なんだよ。建った年代と当時の流行、部材の流通ルートを調べると、だいたいどんな材料を使っていたか想像つくから、メーカーのホームページに行って素材の写真を拾ってくるんだ。壁紙は平面だからパースかけるのも楽だしさ、プリンスメルの話が具体的だったから、そんなに時間もかかっていない」

ヲタ森は別のパソコンを起動させ、図面のようなものを呼び出した。

「しかも今回はどこの町かわかっているから、分譲主も割れてるわけで」

「それは家の設計図ですか？」

「そ。メルヘン街は『それ用』に設計された、いわば目玉物件だ。家のパターンは基本が三種。バルコニー、サンルーム、ガゼボテラスで分かれていて、向きが違うだけの同一設計だったんだ。ちなみに水色の家はサンルームがあるタイプで、半地下にサンルームがついている」

ヲタ森がモニター上で図面をめくると、半地下にサンルームの文字がある平面図が出てきた。

「設計図なんて、どうやって手に入れたんですか？」

「メーカーに連絡して送ってもらったんだよ。『洋風住宅の国内仕様の研究をしている設計科の学生だけど、御社のメルヘン街に感銘を受けたので協力して欲しい』と言って」

「嘘つきですね」

タエちゃんを偽善者と呼んだ姫香を思い出していた。

「嘘も方便。向こうも過去の仕事に誇りを持てる良い嘘だ」

それに対してタエちゃんが、どちらが正しいか議論するのは虚しいと答えたことも。

「それでさ」

と、ヲタ森は言って、隣のパソコンも立ち上げた。

「フロイトが言ってただろう？　トラウマ系の悪夢の場合、過去の記憶がベースになっていることが多いって」

「言ってましたっけ？」

「言ってたよ」

ヲタ森は新しいパソコン上に簡易的な3Dデータを呼び出した。レンダリングすると重くなるので、針金で作った立体物みたいなものがパース用のマス目にのっかっている。それが水色の家の廊下だということはわかったが、図面にはないボールのようなものも、床の上に浮いていた。

「そのボールみたいのはなんですか？」

「これ？　五歳児の頭」

ヲタ森は教えてくれた。

「データが重くなりすぎないよう頭以外を省いているんだ。このボールをプリンスメルの頭と仮定して、ここに目玉をインプットすると」

画像は子供の目線の高さで見上げた感じに修正された。一台目のパソコンと連動しているらしく、映像処理された廊下の写真が動き出す。

「わ、すごい」

それはまるで自分自身が子供になって、バーチャルな廊下にいるかのような映像だった。

「こうやって検証してみると、プリンスメルの夢の画角と、子供が見る景色に齟齬《そご》がないってわかるよな」

「じゃ、やっぱり悪夢は記憶がもとになったんですね」

「リビングの窓の位置、地下室が明るかったこと、階段を下りてすぐの場所に壁と柱があって、部屋が視界に入ってきにくい設計だってことも合致する。プリンスメルは記憶をベースにした悪夢を見ていたってことになる」

あかねはなんだかゾッとした。

「え、でも……それなら何が怪しいんですか？」

「そこなんだけどさ」

ヲタ森がそう言ったとき、ノックの音がして、

「ぼくだ。入るよ」

とフロイトの声がした。貼り紙はボロボロになってから貼り替えようということで話がついていたからだ。もうヤブ蚊はいないのだけど、いつもの癖で素早く入り、視線で姫香の不在を確かめて、それには一言も触れずにフロイトは白衣を纏った。

「フロイト。ちょうどよかった。見てほしいものが」

ヲタ森の言葉にあかねも重ねる。

「凄いんですよ。ヲタ森さん、水色の家をＣＧで再現したんですす」

また元の三人に戻っただけのことなのに、一人減った研究所は、具を入れ忘れた肉まんみたいに味気ない。再現画像がどれほどのクオリティを持っているのか、実際を知る本人に確認できないことも残念だった。あかねもヲタ森もフロイトも、誰も姫香の連絡先を知らない。

「フロイトはその程度のことじゃ驚かないの。ペコが驚いているだけなの」

ヲタ森は三台のパソコンの間をガラガラと椅子で水平移動して、それぞれにマウスを動かし、別々のデータを呼び出した。

「見てください」

ロイドメガネに指を添え、フロイトが『ヲタ森デスク』へやってくる。次に呼び出されたものは金魚鉢のようなものの写真であった。丸くて縁がヒラヒラしている普通の金魚鉢ふうだけど、金魚鉢よりもやや細長く、ワイングラスを短くしたような足がある。

「プリンスメルの話だと、子供は器に頭が入って外れなくなったってことだったので、本当にそんなことが可能かどうか、容《い》れ物をサーチしてみたんです。普通の金魚鉢は、胴体部分は丸くて大きいけど、金魚が飛び出さないよう口は結構小さくて、子供の頭は六歳児でだいたい五十六センチ、直径十八センチ弱の計算だから、その開口部を持つ金魚鉢はかなりな大きさになるわけで、アイスクリームを入れるとしても現実的じゃないんですよね。そこで色々調べてみたら……」

この器です、と、ヲタ森は言った。

「昔は巨大パフェブームがあったらしくて、オレは全然知らないけども。『それ用』の器が出回っていたようでした。細くて長いタイプと、丸くてどっしりタイプがあるんですが、食べきる前に溶けていくので丸いタイプのほうが多く流通したようです。それで、この器だと子供の頭がすっぽり入るんですよ」

「事故は実際に起きたってことか」

モニターを見てフロイトが言う。

「そうですね。ただ、そうとするなら怪しい点があるというか」

ヲタ森は3D画像を呼び出した。今度は丸だけではなくて、体がついた子供になっている。針金で作られたような立体ながら、子供は二人。大きさが違う。その横に、ヲタ森は金魚鉢型のパフェグラスを並べて置いた。

「プリンスメルは、地下室が子供専用の待合室で幼稚園のような仕様だったと言っていました。死んだ子がここでアイスを食べていたとして、床に直接器は置かないでしょうから、幼稚園で使われている標準的な椅子とテーブルを置いてみますが……」

魔法のように椅子とテーブルが現れて、大きな子供が椅子に座った。金魚鉢のグラスもテーブルに載り、小さな子供が大きな子供の脇に立つ。大きいほうが亡くなった男の子。小さいほうが姫香のようだ。

「いいですか？」

ヲタ森は大きな子供を前のめりにさせて、金魚鉢に頭部を近づけた。

フロイトが言う。

「なるほど。この角度では頭が器に入らないってことか」

「そうです。器に頭を突っ込むためには、子供が立つか、中腰になるか」

子供を立たせて中腰にすると、机に置かれた器を覗き込むかたちになった。

「あっ」

と、あかねは声を出す。

「それだと卯田さんにはなにもできませんよね？」

そうなのだ。小さい姫香がどんなに腕を伸ばしても、大きい子の頭を金魚鉢に突っ込むことはできない。ヲタ森はデータ上の姫香を子供椅子の上に載せてみた。それでも犯行は難しいだろう。器がすっぽりはまるほど頭を押し込もうと思ったら、被害児童の体が邪魔になる。姫香がテーブルの上に立ち、全体重をかければあるいは……だが、その場合でも体力的に無理があり、振り払われてしまうだろう。男の子が自分の意思でそうすれば別だが、それを殺人とは言わない。

「プリンスメルの話では、死んだ子はスプーンを握っていたそうです。夢が事実を脚色した可能性もありますが、おそらくそれが事故の瞬間でしょう。頭を器に突っ込むのは一瞬で、あとは溺れ死ぬとして……故意で五歳児に犯行は不可能ですよ」

なぜかヲタ森がカッコよく見える。

「もしかしたら自分で頭を入れちゃったんじゃないですか。他の子にアイスを取られないように」

「その場合は、スプーンを握っていたってのが変だ……まあ、夢だからかもしれないけどさ」

「いずれにしても、姫香くんは勘違いが元で苦しんでいるというわけか」

「ですね。夢がプリンスメルのトラウマになっているのなら、きちんと解明してやる必要があるんじゃないかと」

あかねは感動して言った。

「ヲタ森さん……卯田さんのことがけっこう好きだったんですね」

嫉妬ではなく嬉しかったのだけど、ヲタ森は厭そうな顔で、

「なんでそういう話になるの？　これってオレの技術が導き出した、驚愕《きょうがく》のサプライズってことじゃないの？」

と、言っただけだった。

フロイトは自分のデスクの引き出しを開け、名刺ホルダーを取り出した。

「よし、調べてみよう。実を言うと、ぼく的にも少し引っかかるところがあったんだ。ヲタ森は現地の住所を割り出してくれないか」

「どうするんですか？」

あかねが訊くと、

「場合によっては現地を調査しようと思う」

と、フロイトは答えた。名刺ホルダーから一枚を抜き出して、電話をする。

「もしもし？　こちらは私立未来世紀大学夢科学研究所の風路という者ですが、高山《たかやま》刑事は……」

あかねとヲタ森は顔を見合わせた。

長野県警の高山啓治《けいじ》刑事は東京浅草の出身だが、山好きが高じて長野県警に就職した。北アルプスに近い大町《おおまち》署勤務を希望してのことだったのだが、あかねたちが彼を知ったときには県警本部に勤務していた。その後に異動し、今は糀坂町《こうじざかまち》署にいるという。彼は夢科学研究所に初めての仕事依頼と収入をもたらしてくれた刑事であった。

「どうも。ご無沙汰しています。夢科学研究所の風路ですが」

フロイトはあかねたちに向けて親指を立てた。

十五年ほど前に起きた死亡事故について詳しく調べたいと高山に話し、悪夢を研究している過程で事実確認をする必要が生じたのだと説明をした。

「いや、個人情報は必要ないです。たとえばですが、子供が金魚鉢をかぶってですね、窒息したというような、特殊な事故を調べたいんですが。千葉で……あ……え？　そうなんですか？」

フロイトは笑い、もうしばらく話をしてから電話を切った。

「高山刑事も子供の頃に金魚鉢をかぶったって」

「え」

驚くと、苦笑しながらフロイトは言った。

「宇宙船ごっこをしていたらしい。かぶるのは簡単だけど、顎が邪魔になって抜けなくなるそうだ。親が消防署に電話して、鉢を割ってもらったんだって。ガラスでケガをしないよう隙間に布を詰め込んだり、けっこう大変だったらしい」

「アホか。ていうか、ケイジケイジもやんちゃなガキだったんですね」

ヲタ森は呆れて言った。

「千葉県警の生活安全部に懇意の刑事さんがいるから聞いてみてくれるってさ」

「そりゃよかった。ところで、メルヘン街の住所が出ました。ここからだと車で一時間半の距離ですね。行ってみますか？」

「ヲタ森にしては前向きだな」

フロイトが涼しい目でヲタ森を見ると、ヲタ森は幾分か体を引いて、

「べつに俺が行くとは言ってませんよ。フィールドワーク用にペコがいるし」と言う。

「フィールドワーク用ってなんですか、用って」

「そこに引っかかる？　オレが引きこもりなの、知ってんだよね？」

「なーにを偉そうに。人生はその先も、そのまた先も続くのに、いつまで引きこもりを盾にしているんですか。どうせ人生が続くなら、いっそ贅沢に生きなきゃダメなんですよっ」

ヲタ森とフロイトは、ポカンと口を開けてあかねを見つめた。あかねは少し恥ずかしくなった。

「すみません。タエちゃんの名言を拝借しました」

「ははは……」

フロイトは虚しく笑い、

「ビックリした」

とヲタ森は、至極真面目な顔をした。

「何かがペコに憑依《ひょうい》したかと……」

「そんなわけないですよ」

こんなときにも、あかねは姫香の反応を探してしまう。ここしばらくは、ずっと姫香が一緒だったのに、今ここにいないことが寂しい。男の子が死んだのは姫香のせいじゃないかもしれないのに、もしもそれがわかったとして、本人に伝える術《すべ》がないのが悔しい。トラウマを抱えたままで、彼女はこれからどうするのだろう。罪人だから誰とも親しくなる資格がないと信じ込んでしまった彼女は。おばちゃん食堂お勧めのブドウムースも忘れるほどに、あかねはヲタ森が導き出した推測に心揺さぶられ、率先して捜査を手伝った。厚生労働省のデータを調べ、検索をかけて子供の事故についても調べ、なんとか姫香の無実を証明しようとしたけれど、懸命に集めたデータはどれも可能性の域を出なかった。気がつけば時間が過ぎて、森が夕焼けに染まっている。

シンク脇の窓からは、冷たい風が吹き込んでくる。ＯＡ機器が吐き出す熱で研究所内は暖かいが、窓を閉めようと立ったとき、フロイトそっくりの幽霊が木陰にいるのに気がついた。鼈甲細工のロイドメガネが夕日を反射して、オールバックの髪とその下の眉毛がよく見えた。似てはいるけど、眉毛はフロイトより少しだけ薄い。メガネの奥と目が合った気がして、あかねはペコリとお辞儀した。すると幽霊は微かに笑い、向きを変えて、歩き始めた。あかねがフロイトとヲタ森の間を通ってドアへ向かって行ったとき、なんとノックの音がした。

「はい！　はい、いま開けます」

興奮してドアを開けると、

「こんにちは」

そこには幽霊ではなくタエちゃんが立っていた。

「タエちゃん。え？　なんで？　幽霊は？」

室内の二人とタエちゃんを、かわりばんこに見て言うと、

「回廊のほうへ歩いて行ったわ」

タエちゃんはすまして部屋へ入ってきた。

「え、なに？　幽霊来てたの？　それ見たの？　タエちゃんも」

眉間に縦皺を寄せてヲタ森が訊く。

「風路くんでしょ？　三十歳くらいの頃の」

タエちゃんはそう言って、手提げ袋をあかねに渡した。

「差し入れよ。待っていたけど来ないから」

中には小さなデザートが四人分入っている。

「うわ、これって、もしかして」

「ピオーネのムースね。熟し切っちゃって生食には向かないの。昔の品種で種もあるしね」

「食い物？」

ヲタ森は席を立ってきて、「タエちゃんマジ天使」と、おべっかを使った。

「昨日の子は？　いないのね」

タエちゃんは室内を見渡して訊く。そしてあかねの悲しそうな顔に目を止めた。

「……やっぱり……あんな時間に食堂へ来るから、何かあったとは思ったのよ。栗きんとんは毎年すぐに売り切れるって、あなたが知らないわけないんだし」

「はい……すみません」

あかねはペコリと頭を下げた。

「卯田さんもここの学生じゃないんです。でも研究に協力してくれていて、昨日は」

「学生じゃないって知ってたわ。ずーっと食堂をやってるんだもの。学生か、そうでないかは見ればわかるの。あの子は夏頃から時々ご飯を食べに来ていて、私たちも注意して見てたのよ」

「実験中にちょっとあってね、でも引き留めずにいられなかったんだと思う。あかねくんは優しいからね」

フロイトが言う。

「だけど、結局ダメでした。知っているのは名前だけで、連絡先もわからないんです」

「そうなの、それは残念ね」

タエちゃんはニッコリ笑う。

「縁は異なもの味なもの。切れるのも結ばれるのも思い通りにはならないけれど、自分からは切らないことね。誰かと縁を切っていいのは……」

あかねの瞳を覗き込む。

「相手に裏切られたときだけってね。じゃ、お邪魔さま。器は返しに来てちょうだいね」

「はい。わかりました。ごちそうさまです」

「いいのよ、これも営業。自分のためだわ」

出ていこうとするタエちゃんを、フロイトが呼び止めた。

「タエちゃん、さっき幽霊を風路くんって言わなかった？　もしかして、ぼくの祖父のこと？」

振り返ってタエちゃんは言う。

「そうよ。話してなかったかしら？　先生のお祖父さん、つまり風路くんは学長と懇意で、だから森に研究所を開いたのよね」

バイバイするみたいに手を振りながら、タエちゃんは出ていった。

「あれってどういうことですか？」

あかねが訊くと、フロイトは首を傾げた。

「祖父と学長が親しかったのは知っているけど、それ以上の話は聞いたことがないんだよなあ」

「さっき幽霊と目が合ったんですけど、かけてるメガネが教授のと同じでしたよ。鼻当て部分の鼈甲の模様が、そっくりそのままだったんです」

「だからずっと言ってるじゃん。幽霊じゃなくて映像なんだよ。脳内映像が漏れ出したやつ」

「卯田さんの夢を引っぱり出したみたいに、ですか？」

訊きながらヲタ森を振り向いて、あかねは「やっ」と悲鳴を上げた。

「ヲタ森さん！　なんで一人で先に食べてるんですかっ、あっ、しかも二つ目じゃないですか」

走って行って、残りのムースを引き寄せる。

「うまうま……あそこってさ、おばちゃんのくせに洒落た菓子を作るよな」

「ていうか、聞いてます？　なんで二つも食べてるんですかっ」

「ちょうどいいじゃん。プリンスメルの分が余るんだから」

「よくないですよ、そういう場合は均等に分けて、ですね」

「ギャーギャーうるさいなあ、なら、返すからトイレに来いや」

「ばっちい、もういらないです」

「あのね、きみたち」

フロイトが額に手をやったとき、研究室の電話が鳴った。

　フロイトがため息まじりに受話器を取る。あかねは自分のムースを自分のデスクに避難させ、ヲタ森に背中を向けて食べ始めた。ブドウのソースは香り高く、ほどよい甘さで、ミルクのムースにピッタリマッチだ。洋菓子店のような高級な味ではないけれど、しみじみと素材を感じる優しい味だ。

「はわぁ、なんですかこれ……おいしーいーいいっ。ムースってどうやって作るんだろう」

　美味しさにジタバタしていると、受話器を耳に当てたままフロイトが振り向いた。

「それは本当ですか？」

　その顔があまりに真剣だったので、何の気なしにヲタ森を見ると、彼は空の器をシンクに入れて、フロイトのそばへやってきた。耳を傾け、電話の声を聞いている。

「はい……はい……」

　書く真似《まね》をするフロイトに筆記用具を手渡した。ムースを手に、あかねもメモを覗き込む。

　――02　6才男児、窒息　06　6才男児、窒息　08　6才男児……――

　窒息。と、フロイトは書いた。電話の相手は高山刑事だ。フロイトはさらに、

　――88　5才男児、窒息――

　と、書き足した。

「場所が……え？　いえ、そんなことはないですけど。たまたまうちの被験者が、繰り返し同じ悪夢を見るというので……ええ、そうです。実験で……そう。調べてみたら千葉にメルヘンロードという通りがあるそうですね。バブル期に分譲された住宅地で、パステルカラーの洋風住宅が……そうなんですか、それは知らなかったなあ。その一軒で、子供が死ぬのを見る夢なんです。ディテールが細かくて、単なる夢とは構成が違うので……はい……え？」

フロイトは天井を見上げて、「……ピアノ教室」と呟いた。

「家は水色ですが……そうですね。色つきの夢を見る人は一定数いるんですよ。はい……はい」

ヲタ森がもの問いたげにあかねを見やる。あかねはスプーンを咥《くわ》えたままで、自分の心臓が鳴る音を聞いていた。フロイトは電話を切ると、ため息交じりに言った。

「いやな展開になってきた」

「このメモは何です？　他にも死んだ子供がいるってことですか？」

「そうなんだ」

と、フロイトは答えた。

「分譲時、ここは比較的裕福な若い世帯に人気があったらしい。結果として、子供の数も多くなる。一斉に同年代の子供が生まれるというか……そのせいかもしれないが、子供の事故がけっこう多くて」

「多いのはともかく年齢と性別と死因が同じじゃないですか」

メモを引き寄せてヲタ森が眉をひそめる。

「まさしくね、そうなんだ」

フロイトはメガネを外して額の髪を掻き上げた。またメガネをして、

「高山刑事は千葉県警のほか、消防署の記録も調べてくれた。当該地域の救急搬送で急患が子供だったケースを拾い出し、病気だったケースを除外したら、メルヘン街からの要請のうち三名が亡くなっていることがわかったそうだ。姫香くんの記憶にあった事故が恐らく二〇〇二年のもの。小学一年生男児がアイスクリームの器に頭を入れて窒息死しているんだよ。ハロウィーンのパーティー中に起きた事故だったらしい」

と、教えてくれた。あかねはムースを食べるのをやめた。

「卯田さんのせいだって言ってましたか？」

「いや。あかねくんの推測どおりに、独り占めしようとして無理矢理頭を突っ込んだみたいだな。器が抜けなくなっているのに周囲が気付くのが遅れたらしい。報告書によればね」

「まさか全員がアイスクリームですか？」

「それは違う」

　フロイトは難しい顔をしている。

「気になるのは全員がお菓子で死んでいることだ。二〇〇六年に亡くなった男の子はマシュマロによる窒息死。二〇〇八年の子は白玉団子で……ぼくも知らなかったんだけど、ブドウとか、飴玉とか、ガム、餅、スナック、ゼリーにタマネギまで、誤嚥《ごえん》による窒息死は子供の死亡原因の上位を占めているそうだ」

「あー……まあ確かにね」

　と、ヲタ森が言う。

「子供は無茶な食べ方するもんなあ。遊びながらとか、口に物を入れたまま喋るとか、危険ですよね。吸い込んだ拍子に思わぬところに詰まるから」

「じゃ、どうして卯田さんは自分のせいだと言ったんでしょう」

「そこがよくわからないんだ」

「見ていたのになんで助けなかったのよ、とか、亡くなった子の親が責めたんじゃないのかな。ショックで動転していたら、その場で言っちゃいそうだけど」

「でも、五歳とかですよ？　実際、何もできませんよ」

「そうだよね」

　と、フロイトも言う。けれど視線はメモを離れない。

「他にも何かあるんですか？」

「うん……」

フロイトは中指でメガネを持ち上げて、

「水色の家なんだけど」と、言った。

「率先して119番通報をしてくれる親切な家らしいんだ。ピアノ教室で自宅にいるから、メルヘン街で何か起きると大抵この家から通報がくる。消防署は通報者の情報を把握できるからね」

「三人ともそこで事故に遭ったんですか？」

「いや。ただの通報者だ」

「遠巻きに見てるだけで何もしない野次馬は多いけど、そうじゃないってことね」

「高山刑事によれば、それには悲しい理由があって、一九八八年に飴玉を喉に詰めて亡くなった五歳児がこの家の子だったから、それ以降は特に子供たちに注意を払うようになったらしい」

あかねは思わず言葉を呑んだ。

子供が死ぬということの衝撃を、改めて想像してみる。

小さい頃、お祖母《ばあ》ちゃんから話を聞いた。あの世には賽《さい》の河原という場所があって、親より先に死んだ子供たちが河原の石を積み上げている。

親より先に死ぬのは『大罪』だから、ひとつ積んでは父のため、ふたつ積んでは母のため、三つ積んでは……というように、残された家族の悲しみの数だけ石を積み上げないと天国へ行くことができなくて、でも、ようやく積み終わる頃になると意地悪な鬼がやってきて、金棒で石を崩してしまうのだと。

死んだ子供は可哀想《かわいそう》なのに、どうして罰を受けるのか。そこが不思議だったのに、語彙力《ごいりょく》がないためうまく通じず、『大罪』の理由はわからなかった。お祖母ちゃんは、その子たちのためにと海岸へ行って、石を拾って積み上げていた。この世の人が石を積んだら、賽の河原の子供たちが積み上げたことになるからと。つまりはこういうことだろうか。大罪は子供が親を悲しませた罪。子供を喪《うしな》った親たちはそれほどまでに深く悲しみ、生涯苦しみ続けてしまうから。

「偉いなあ。その、水色の家の人は」

「なんで？」

と、ヲタ森が軽く訊く。

「私だったら辛くて他の子たちを見られないです」

「ほかにも兄弟がいるんじゃないの？　いればいいってわけでもないけど、悲しんでばかりはいられないじゃん。子供は手間がかかるしさ……ムース残すの？　オレ食べていい？」

「残しませんよ。ひとりで二つも食べたのに、なんなんですか」

「オレ？　ヲタ森」

「ヲタ森さんには干し芋があるじゃないですか」

「あっ、干し芋を馬鹿にすんなよ？　あれは学長の畑で採れた、最高級の……」

あかねとヲタ森がギャーギャー騒いでいるうちに、フロイトはまたもどこかへ電話をかけて、ムースをかっ込んでいるあかねにこう告げた。

「事務局に交渉して、大学の車を借りられた。明日メルヘン街へ行ってみないか」

あかねとヲタ森は、無言で顔を見合わせた。

6　アイスクリーム溺死事件

フィールドワークに出るときは、フロイトかヲタ森が運転する車が寮まで迎えに来てくれる。それはそれでいいのだけれど、留守の間にもしも姫香が夢科学研究室を訪れて、ブルーシートの下にパンツがなくて、ノックしても返事もなくて、窓から覗き込んだときに誰もいなかったなら、どんなに悲しくて、見捨てられたように思うだろうか。あかねはそれが心配で、研究所を出るとき、貼り紙の上に貼り紙をして帰ってきた。

――卯田さんへ　連絡ください。〇〇〇-〇〇〇〇-〇〇〇〇　あかね――

本当は、三人で均衡が取れていた研究所へ乱入してきた姫香のことが厭だった。せっかく自分の居場所ができたのに、奪われるんじゃないかという危機感があった。自分は間もなくここを去るから、それまではそっとしておいて欲しかった。卒業までに三人だけで、揃いの白衣で写真を撮って、宝物にしたかった。

でも、突然姫香が去ってしまうと、狭い空間に穴が空き、寂寥感《せきりょうかん》と罪悪感が胸に迫った。彼女が何を求めてあそこへ来たのか、わかる気がしたからなおさらだ。姫香が欲しかったのは上辺だけの慰めじゃなくて、変わるための何かだったはずなのに、ヲタ森やあかねが研究所で得たそれを得ることなく出ていってしまった。

そのことが、あかねは残念でならないのだった。

カレンダーは十月になった。曇り空で、気温は低い。

朝七時半。フロイトから言われた時間に寮のバス停で待っていると、未来世紀大学のロゴが入ったADバンが来て目の前に止まった。運転しているのはフロイトで、後部座席にヲタ森がいる。ヲタ森は仏頂面で、膝にノートパソコンを抱えていた。助手席に乗り込むと、

「おはよう。待った？」

と、フロイトが訊いた。

「おはようございます。時間ピッタリで待ちませんでした。ヲタ森さんも、おはようございます」

「おは」

ヲタ森は偉そうに言ってから、

「貼り紙、貼り替えてきたからな」

と、付け足した。

「それって卯田さんへのメッセージですか？　え、なんで」

「なんでじゃないだろ？　迂闊に個人情報晒《さら》すなよ。ペコはセキュリティ感覚が脆《ぜい》弱《じゃく》すぎ」

「森には他の人なんて来ないじゃないですか。え、じゃ、卯田さんがもし研究所へ行ったとき……」

「だー、かー、らー、オレがちゃんと貼り替えてきたって」

「なんて書いてきましたか？　卯田さんが傷つかないように、ちゃんと考えてくれたんですか」

「朝からオレにケンカ売るの？」

「出発してもいいかな」

フロイトが訊く。あかねが「いいです」と、答えると、

「いいですじゃないだろ、お願いしますだろ」

ヲタ森がブツブツ言うので、「お願いします」と言い直した。

「新年度から社会人だぞ？　大丈夫なの？」

「わからないけど、たぶん……それで、なんて書いてきたんですかっ」

「しつこいなあ」

と、ヲタ森は言い、答えたのがフロイトだった。

「貼り紙にはね、『プリンスメル、お前のためにやってんだからな!』と書いてあったよ。赤い字で」

あかねは絶句し、笑ってしまった。

「あ? ペコはなんで笑ってんの?」

「笑ってません。笑ってません」

シートベルトを握って前を見る。車はもう走り出していて、卯田さんが願書を出してくれたらよかったのになと考えた。コンビニを通過して、信号で大通りへ出ると、車は千葉へ向かっていく。この街も、この景色も、いつか懐かしく思い出すときがくるのかな。そのとき自分は蛇口メーカーの営業として、立派に働いているのかな。それにしても、

「どうして蛇口だったんだろう……」

ポツンとつぶやく。あれほど欲しかった卒業という切符のその先で、自分はどんな乗り物に乗り、どこへ向かって行くのだろうか。卒業が現実味を帯びてくるほどに、不安ばかりが募るのだった。

関越自動車道経由で千葉へと向かう。

目的地までは一時間半程度ということだったので、運転手は交代せずに行くらしい。

揺れる車でよくキーボードが打てるなと思うけれど、ヲタ森は無言で作業をしている。スマホをチェックし終えると、あかねは早くもお腹《なか》が空いた。バッグをまさぐってガムを出す。

「ガム食べますか？」

タブレットガムを二粒出してフロイトに渡し、後部座席を振り向くと、ヲタ森がすでに手を出していた。パソコンを見たままなのに、どうしてこうもタイミングよく手を出せるのだろう。

「私、人間観察の講座に入っておけばよかった」

ヲタ森の手にガムを置きながら言うと、

「それはなぜ？」

と、フロイトが訊く。

「ヲタ森さんです。こんな面白い研究対象が身近にいたのに、ホントにもったいなかったなって」

「面白いとか言うな」

ガムを口に放り込み、またカチャカチャとキーを打つ。

「さっきから何をやってるんですか？　あと、紙もあるので、ガム出す時は言ってくださいね」

都心を外れると高速道路の空がやたらに広い。ヲタ森は素っ頓狂な声を出す。

「うわー、やっぱナイのか。ホームページもブログもなしですね」

何かを探していたらしい。

「そうだと思った。そこそこ年齢がいっているんだと思う」

「何がないんですか？」

あかねが訊くとフロイトが答えた。

「水色の家のホームページだよ。ピアノ教室だっていうから情報が拾えるんじゃないかと思ったんだけどさ。アイスクリーム事故の話を聞くのに、電話でアポをとらなきゃだろ？」

「住所はわかっているんですよね」

「住所から電話番号はわからない。ノーアポで訪問するしかないみたいですね」

後の言葉はフロイトに向けて言ったのだ。ヲタ森はようやくノートパソコンを閉じて、外を見た。

「あれから考えてみたんだけどさ、プリンスメルには犯行が不可能なのに、どうして自分のせいだと思ったのかな。つか、生まれつき邪悪とか、歪んでるとか、確信持って言ってたじゃん」

「そんな人間いないですよね」

「フロイトとも話したんだよ。五歳とかだぜ？　そんなときの記憶って、凄く曖昧なもんじゃないの」

ヲタ森は身を乗り出して、あかねが座る助手席のシートをつかんだ。

「ペコは覚えてる？　五歳の頃の記憶とかさ」

「五歳だと幼稚園の年長さんくらいですよね？　覚えているのは、ランドセルを買ってもらって嬉しかったこととか、まさこちゃんっていう意地悪なお友だちがいて、いつもブランコの順番抜かされてたとか、あと、給食に出てくるココアみたいな飲み物が嫌いだったとか……」

「けっこう覚えてんな」

ヲタ森は笑った。

「記憶は書き換えられている可能性があるからね。たとえばランドセルの思い出なんかは、後で見たアルバムなどが影響していることがある。家族と写真を見ながら、このときあなたはこんなランドセルが欲しいと言って、これを買ったときは凄く喜んだのよ、と、誰かに聞かされているうちに、喜んでいたという記憶がインプットされるんだ——」

言われてみれば、小さな体にランドセルを背負い、得意満面で撮った写真を持っている。ママがシールで飾ってくれて、アルバムのその部分だけ特別扱いになっていた。

「——分析すると、ココアや、まさこちゃんという友だちのエピソードは本物の記憶かもしれないね」

フロイトは少しだけあかねの顔を見た。

「味覚の記憶はシンプルで書き換えの可能性が少ないこと。友だちについてはブランコの順番待ちなどエピソードが細かいし、あかねくんの言い方がホントに厭そうだったしね」

「プリンスメルの記憶は衝撃的過ぎるからなあ」

後ろからヲタ森が言う。

「細かすぎるってことですか？」

「そ。細かすぎだし、衝撃的だろ？　繰り返し悪夢に見るとして、プリンスメルはそれが厭だから封印してきたわけだ」

「封印していたんでしょうか」

ハンドルを切りながらフロイトが答える。

「彼女の言動から推測するに、そのようだ。いつも夢に見る同じ場所。彼女はそれを『夢の中だけの世界』と思い込んでいた。トラウマやストレスが原因で引き起こされる解離性健忘かもしれない。消したかったのは男の子の死と、自分のせいだという罪悪感。その後に何が起きたか知っているから、お菓子の家が出てきたところで夢を遮断しようとする。結果として、メルヘン街やお菓子の家は悪夢に変わる」

「お菓子やかわいい家から始まって殺人にいくなんて、ホラー映画の冒頭みたいじゃないですか。間違いナシの悪夢です。でも、卯田さんは記憶を消したのに、どうして自分を歪んだ人間と思い込むようになったんでしょう」

「潜在意識に刷り込まれていたんだろうね。よっぽど衝撃を受けたんだ」

「プリンスメルはさ、小さい頃から思考に矛盾のない奴だったんじゃないのかな。大人が思うほど子供ってバカじゃないからな。誤魔化されても変だなと思ったりするわけじゃん。あと、語彙力がないから考えを上手く伝えられないだけで、子供ってけっこういろいろ考えてるよ」

「そうかもしれません。大人が噂話とか悪口とかしているときに、誰の話って訊くと、必ず『あかねの知らない人よ』って言われたけど、あれって絶対知ってる人のことだったなって、今になったら思いますから。あれが井戸端会議というやつですね。テーマはご近所の噂話で」

ヲタ森は虚しく笑い、先を続けた。

「人間ってさ、生まれつきの世界は狭いじゃん」

バックミラーで確認すると、シートに横たわって足を組み、小指で耳を掘っている。

「世界が狭いって、どういうことですか？」

小指の先についた何かを吹き飛ばしながら、ヲタ森は言う。

「たとえばさ、幼稚園の頃は、家の近所と幼稚園と、世界はそこぐらいしかないじゃん。あとテレビで観《み》るアニメとか、たまに出かける先とかさ。小学校へ入ると大人なしで学校へ通うようになって、中学は他の通学区からも人が来て、そうやって徐々に世界が広がるんだけど……」

「わかります。高校が義務教育でなくなって、校内に自販機があるのを見たときは、急に大人になった気がしましたもん」

「だろ？　それでいうと幼稚園児の世界なんてさ、耳の穴くらいちっさいじゃん。そんなとき、もしも、だよ？　目の前で友だちが死んじゃって、おまえのせいとか言われたら、そりゃ一生のトラウマになると思うんだよな」

「プラス、フォローがなかったのかもしれない」

と、フロイトが言う。

「姫香くんの家庭事情を知らないが、家の人が事故の状況を詳しく知らなかった可能性もあるね。知らないからフォローができない。打ち明ける相手もいない」

「でも、卯田さんの夢には大人も出てくるじゃないですか。ハロウィーンのパーティーに大人が参加していたのなら、お母さんか誰かがそばにいたってことなんじゃ」

「うん。そのあたりもね、知っておきたいと思っているんだ」

フロイトは高速を下りた。

約三十年前、バブル期に分譲されたメルヘン街は、今ではほぼ普通の住宅街になっていた。分譲当時の写真では、様々な屋根や窓がパステルカラーの壁と相まって夢の国のような雰囲気を醸し出していたのだが、現在は普通の壁色と普通の窓に、屋根だけが特徴的な家々が並ぶ住宅地といった感じだ。

「あれえ。家って、住人が変わると窓とかも変えちゃうの？」

周辺をゆっくり流す車から景色を眺めてあかねが言うと、ヲタ森が、

「あ、それ、オレも思った。んで、完成当初の写真を見たら、窓そのものは最初から普通の四角いやつだった。変形窓に見えたのは、壁に装飾してあったから」

続いてフロイトが教えてくれた。

「北欧住宅などに使われる技法だね。木枠の窓は個性が出しやすい反面、手入れが大変だから、四角いサッシ窓の外側にアールデコ風の飾りを足して特徴を出すんだよ。だから壁が替わればただの窓に戻って見える。塗装は十年くらいで塗り替え時期を迎えるからね、そのときに汚れが目立ちにくいサイディングや煉瓦色《れんがいろ》を選ぶ住人が多いんだろう」

「メルヘンチックなお菓子の家も、魔法が解ければただの家ってね」

偉そうにヲタ森が言う。そうはいっても数軒に一軒程度はパステルカラーの家も残っていて、ハッとする。そうした家々の多くは色褪せた塗装にひび割れが黒く目立って、外観が悪くなっている。結局は、住人がいつまで情熱を持ち続けられるかということなのだ。

「さて……このあたりのはずなんだけど」

カーナビと景観を見比べながら、フロイトが言う。前方に四つ角があって、メルヘンロードはその先で終わる。辻の手前にポケットパークがあるけれど、もはや遊びたくなる雰囲気ではない。雑草が地面の煉瓦を持ち上げて、子供を模したブロンズ像の回りは草ボウボウで、パーゴラには蔓草が絡みつき、徒長した藤蔓がベンチにまで垂れ下がっている。メルヘン街で生まれた子供たちもすでに三十歳くらいになっているはずだから、多くは街を出て行ったのだろう。子供がいなければ公園は寂れる。

そんなことを考えていると、目の前に水色の家が現れた。

「ありましたね」

と、ヲタ森が言う。

フロイトは家の前を通り過ぎ、メルヘンロードを出た先で車を止めた。

「どうするんですか?」

あかねが訊くと、

「歩いてみよう」

と、フロイトは言う。

「じゃ、オレは留守番してますね」

ヲタ森は後部座席を降りて運転席へやってきた。路上駐車なので車を動かす必要があるかもしれず、運転手がいないとマズいのだと言う。あかねはフロイトと一緒に、徒歩で来た道を戻った。

メルヘン街は静かだった。他のパステル住宅同様に水色の家は褪せていたが、近づいてみると一階部分の壁だけが塗り直してあって、白い花の絵がちりばめられていた。エントランスの雨除けも柱を白く塗ってあり、ウインドチャームが下がっている。ペイント細工の人形が花期を逸したローズマリーの鉢植えに挿してあり、地植えオリーブの奔放に伸びた枝に小さなリースがいくつも吊られ、吹く風にキラキラと揺れていた。家を囲む柵につるバラが絡みつき、所々にメルヘンチックな動物のマテリアルが置いてある。門の脇に唐草模様の縁取りをした水色の看板があって、『ピアノ教室・入会随時』と、イラスト付きで描かれていた。

「あった……本当にあったんですね」

調べて来たにも拘《かか》わらず、あかねは胸がきゅっとなる。悲しい過去があるにせよ、外から見ればただの家だ。時間を経て雰囲気を増した水色の家。表札には『辰野《たつの》』と文字がある。

「ピンポン押してみるんですか?」

訊くとフロイトは、

「いや……」

と言い、辻を曲がって先へ行く。あかねもあとをついていく。数軒歩くと、道側に脚立を立てて生垣の手入れをしているお爺さんがいた。ブルーシートを広げた上に、切った枝葉をザクザク落としている。その家は全ての庭木が角張って、剪定中のレッドロビンも垂直な壁のようである。

「こんにちは」

フロイトが声をかけると、お爺さんはちょいと振り向き、

「はいどうも」

と、答えた。

「見事ですね。イギリス庭園のトピアリーみたいだ」

お爺さんはハサミを動かす手を止めた。

「そんな大したもんでもないけど。切らないとボサボサになっちゃうからね」

「レッドロビンは成長が早いそうですね。きれいですけど、手入れが大変だ」

「まあね。自分はマサキかマンサクがよかったんだけど、家が洋風だったから」

そういうお爺さんの家は灰色のサイディング壁になっている。

「この街はメルヘン街と呼ばれていたそうですが、今はそうでもないんですね──」

フロイトはお爺さんを仰ぎ見て、

「──大学で建築をやっていて、テーマをもって販売された住宅地を調査しているんです」

と、付け足した。夢の研究をしていると正直に話しても、なかなか理解してもらえないからだ。

「ああ」

お爺さんは訳知り顔で頷くと、首の手ぬぐいで額を拭いて、脚立から下りてきた。

「建った頃はね、オーナーさんもみんな若くて……そこそこ注目を浴びていたんだよ。クリスマスにはどの家もイルミネーションを飾ったり、見学に来る人も多くてね、あっちの──」

と、四辻の向こうを指さした。

「──公園で甘酒を配ったり、住人同士も仲がよくてね、子供も多くて活気があったけど、住んでいる人もずいぶん替わって、リフォームしたり……今じゃメルヘン街なんて言っても知ってる人のほうが少ないし、自分らも年取って、メルヘンが恥ずかしい感じになっちゃったしさ」

「ニーズも需要も変わりますから。でも、構造の素敵なお宅が多いですね」

「天窓やバルコニーは確かにお洒落だけど、メンテナンスに金がかかってねえ。手入れしないと水が漏るし、今になったら普通の家が一番コストもかからないなと思ったりするよ。うちは女房がこういう家に憧れてたんだけどさ、死んじゃったからね。子供たちは都会にマンション買っちゃったし、今は不動産も売れないみたいで……まあ、どういうもんだろうかね」

「住人の入れ替わりは激しいんですか？」

「他と比べようもないからわからないけど、流行《はや》りもんっていうのはダメだよね。あと、ペンキは劣化が早くてさ、屋根のかたちも特殊だし、とにかくコストがかかるんで、結局、リフォームするたび安い仕様になっちゃうんだよ。特殊な色だとそこだけ塗り替えようとしてもダメなんだ。違う色になっちゃうからね。なんにしたって普通が安いね。お金があればいいんだけどさ」

フロイトはポケットからメモ帳を出し、熱心に書き付けた。

「二世代通して暮らしている家は少ないでしょうか」

「どうかなあ……子供の数は減ったねえ。昔は子供がそこら中にいたものだけど」

「車通りも少なそうだから、子供天国ですね」

「うん……まあ」

お爺さんが言葉を濁したので、フロイトは首を傾げた。

「違うんですか？」

「いや。違うってことはないんだけどさ」

「ピンポンダッシュとか悪戯《いたずら》もされました？」

訳知り顔でニヤリと笑うと、お爺さんは手を振りながら、

「逆だよ」と言った。

「ゲーム機が流行りだしてから、外で体を動かして遊ぶってことがなくなったんだな。せっかく集まってもさ、それぞれ無言でゲームをやってる。それじゃ独りでいたって同じだろうと思うんだけど、子供ってのは集まるんだな。公園とかにいるのは小さい子ばっかりでね、小学生くらいになると、もうゲームなんだよ。時代は変わったね」

「たしかにこのところ子供の体力低下が問題になっていますよね。生活習慣病を持つ子供も増えているとか」

「それでかな、うちの団地も子供の事故が多かったねえ」

フロイトが眉をひそめると、お爺さんは苦笑した。

「いや、別に変な意味じゃないよ。喉にものを詰めたりさ、そういう事故が多かったよね。団地の有志で夏祭りをやったことがあるんだけど。そのときも、綿アメとかポップコーンとか……。焼きそば作るときだって、子供が喉に詰めないようにタマネギ

の切り方まで指導されたよ。子供はあっという間に急変するから怖いんだ」

「子供が多いと事故も多いということでしょうか」

「どうなんだろうねえ。それでも辰野さんみたいに注意を払ってくれる人がいて」

ああ、そうだ。と彼は頷く。

「辰野さんの家なら、当時とあまり変わっていないと思うがね。この先の四つ角に水色の家がある。人格者でね、息子さんを小さいときに亡くされて、それからずっと地域の見守り隊をしているんだよ。最初に入居した人だから、当時の話を聞けるんじゃないかな」

「ピアノ教室をしている家でしょうか」

「そうそう。でも、家の話だけにしておきな……ピアノ教室の子も事故に遭ってさ、ものすごく責任を感じているからね。そういう話でいえば、子供を亡くして引っ越していった家もある。ローンが払えなくて家を売った人とかも」

お爺さんにお礼を言ってその場を離れた。あかねにとって三十年は途方もない長さだが、同じ場所に住んで街を見守ってきたお爺さんにとってはどうなのだろう。子供が巣立ち、奥さんを亡くし、建物と共に老いていく人の気持ちを、今のあかねは理解できない。あかねの前にあるのは予測もつかない未来で、後ろにあるのは後悔だ。そして、予測のつかない未来というものが飴玉やマシュマロで簡単に奪われてしまう子供の危うさにゾッとした。

「元気に生きるって普通のことだと思っていたけど、違うんですね」

しみじみ言うと、フロイトが振り返る。

「急になんだい？」

後ろでは、お爺さんのハサミの音がする。

前方の家から車が出てきて、どこかへ向かう。

スニーカー履きの老夫婦が背筋を伸ばして四つ角を突っ切って行く。

静かだけれど、人は暮らしているようだ。

「窒息死って、ある程度時間をかけてするものだと思っていたけど、子供は一瞬なんですね。そう考えたら、自分はよく無事に育つことができたなあって。お母さんって大変ですね」

フロイトは眉尻を下げた。

「そうだね。乳児期や幼児期は親も注意を払うけど、世界が広がっていく五、六歳以降が、実は一番危ないのかもね」

「ピアノ教室をピンポンしますか？」

あかねは同じ質問をした。

「その前に」と、フロイトは言う。

「もう一軒、寄りたいところがあるんだけど」


車に戻ると、ヲタ森は運転席を倒して眠っていた。研究所にいるとき以外は彼の生活を知らないが、車で出かけるときはいつも寝ている印象がある。フロイトが窓をコツコツ叩くと、ヲタ森は寝ぼけ眼で起き上がり、ウインドウを開けて、

「すんだんですか?」と訊いた。

「まだだ。一軒寄ってからここへ戻るよ」

それだけ言って助手席に乗り込んだ。今度はヲタ森が運転し、あかねが後部座席に乗る番だ。

「ってことは、オレ運転ですか」

「電話したいから頼むよ」

フロイトはカーナビを起動して、行き先に幼稚園の名前を入力した。

「目的地はここだ」

「へいへい」

と言いながら、ヲタ森はエンジンをかける。

「幼稚園へ行って、どうするんですか?」

あかねが訊くと、

「話を聞く」

と、フロイトは答えた。そうしながらも電話をかけて、高山刑事を呼び出している。

「あかねくんは水色の家を見て何を感じた？」

高山刑事が電話に出るまでの短い時間にフロイトが訊く。

「なにをというか……」

車はメルヘン街を出て、広い通りを走っていた。

「あ、どうも。お忙しいところをすみません。私立未来世紀大学の風路ですが……」

あかねの答えを聞くより前に、フロイトは高山刑事と話を始めた。

「水色の家がどうかした？」

重ねて訊いたのはヲタ森だ。バックミラーの中で目が合ったので、あかねは身を乗り出した。

「ピンポンするかと思ったら、教授はスルーして知らないお爺さんと話したんです。買った当初はよかったけれど、天窓は水が漏るとか、ペンキは塗り替えるときに色が合わないとか、そんな話と……あと、家を見るなら、水色の家は分譲した頃からあまり変わっていないってことで」

「家を見に来たわけじゃないだろ」

「そうですけど」

「アイスクリームの事故の話は？」

「特にはなにも……ていうか、卯田さんは、ここに住んでいたわけじゃないですもんね」

「そうだけど、ハロウィーンのパーティーに来てたんだから……あ、そうか」

「何が『あ、そうか』なんですか？」

ヲタ森は髪を掻き上げた。

「なんとなくご近所のホームパーティーみたいに思っていたけど、あのパーティーって、ピアノ教室の主催だったのかもね。メルヘン街に住んでいないプリンスメルが参加してんだから。それで保護者同伴じゃなかったんだよ。親は彼女をここへ送って、パーティーが終わった頃に迎えに来たとか、そういうことなら家族が事故の詳しい事情を知らなくても不自然じゃないよな」

「そうか……たぶんそうですね。ご近所さんが来ていたから大人もいたけど、メインは教室の子供たちだったのかもしれないですね。事故が起きて、親は慌てて子供を迎えに来るけれど……卯田さんの親は事故が起こったことしか知らなくて、それだとフォローのしようもないし、フォローの仕方も変わりますよね」

「五歳児にはそもそも詳しい説明をする能力なんてないからな。子供が癇癪《かんしゃく》起こすのはそのせいだよ。大人はわかってくれないけどさ」

自分もいい大人のくせに子供を代弁するヲタ森が、あかねにはなんだか新鮮だった。

前方に幼稚園が見えてくる。比較的規模の大きな建物だ。

ヲタ森は、脇にある駐車場に車を止めた。

『私立イマイ幼稚園』の門はピンク色をした二頭のキリンのパネルでできている。伸ばし合う首の下をくぐって園舎に入る構造だ。庭では園児が遊んでいて、エプロン姿の保育士がそれを見守っている。黄色い門扉が閉まっていたので、フロイトはキリンのお腹についているインターフォンのボタンを押した。例によってヲタ森は運転席に陣取っていて、降りてこない。

——はい——

と、職員の声がする。

「千葉県警の友部《ともべ》刑事の紹介で伺いました。私立未来世紀大学夢科学研究所の風路という者ですが」

——あ。承っております。今行きます——

ブツッと音がして通信が途絶えた。

「ここって、刑事さんに紹介してもらったんですか？」

あかねが訊くとフロイトは、

「あとで話すよ」

と、頭を下げて、「どうぞ」と言った。


とだけ言った。昇降口から小走りに、五十代半ばの女性がやってくる。エプロンではなくスモックふうの青い上着に同じ色のズボンを穿《は》いて、内側から門扉の鍵を外すと、頭を下げて、「どうぞ」と言った。

「園長せんせーい」

砂場で園児が手を振っている。

「はーい、大きなお山ができたのねー」

彼女は園児たちに微笑むと、再び門扉を閉めて施錠した。

「園長の今井です。どうぞ事務所のほうへ」

少しあと、あかねとフロイトは私立イマイ幼稚園の園長室で、応接用ソファに座っていた。壁には額に入った歴代園長の写真や賞状が掛けられて、折り紙の花で飾られている。動物シールを貼った窓からは、庭で遊ぶ園児の姿が見える。

今井園長は机の上から名刺を取って、フロイトの前へ持って来た。

フロイトが立ち上がったので、あかねも一緒に立ち上がる。

「お忙しいところ、お時間を頂戴《ちょうだい》してすみません」

名刺交換をしながら、フロイトはあかねを紹介してくれた。

「こちらは助手の城崎くんです。現行の研究のキーマンで」

「まあ、お若いのに優秀なのね」

園長が藤色のメガネフレームの奥で目を細めたので、あかねは恐縮して言葉も出せず、ただペコリと頭を下げた。

「おかけください。友部さんから電話はもらっていますけど、今頃になってから、どうして話を聞きたいなんて」

園長はフロイトの名刺を持って向かいに座り、首を傾げて二人を見つめた。なぜここへ来たのかも知らないあかねは、黙ったままフロイトと一緒に座り直した。

「私は大学で夢を研究しているのですが」

「友部さんから伺いました。警察の捜査に協力もされているんですってね。まさか夢が犯罪捜査に役立つなんて、思ってもみませんでしたけど、実績を上げられているそうですね」

それには直接答えずに、フロイトは膝の上で指を組む。

「深刻な悪夢に悩まされている被験者がいまして……悪夢の原因を探っていくなかで、過去に起きた子供の誤嚥事故を知ったのですが」

園長は頷き、フロイトは続ける。

「被験者は五歳前後の頃に、ここから近いメルヘン街へピアノを習いに通っていました。その教室のパーティーで友だちが亡くなるのを目撃したようです。もちろんそれだけでもショックですが、どうしてか、自分が友だちを殺したと思い込んでいるのです。コンピュータを使って事故をシミュレートしたところ、体の小さい被験者には犯行が不可能だとわかりました」

園長はまた頷いた。

「被験者の友だちが死んだのは、巨大なパフェグラスに頭を突っ込み、抜けなくなったためでした。アイスクリームで溺死したんです」

「……」

園長は眉をひそめた。驚いたのではなく、それはあり得るという顔だ。

「そこで、今は誤嚥事故を調べています。同じような事故が他にもあって、被験者が記憶の混同を引き起こしたのではないかと思ったからですが、その過程で、メルヘン街で起きた子供の事故で、消防署ではなく警察に通報された事案がひとつだけあったと友部刑事に伺って、通報者のあなたを紹介してもらったというわけです。当時の話を伺いたくて」

「ええ。でも、あれは結局、私の酷い勘違いだったんですよ」

「誰が悪いと責めるつもりはないのです。子供の誤嚥事故について伺うことはできませんか？　可能であれば被験者の罪悪感を晴らしたいと考えているのですけれど」

園長は立ち上がり、書棚から古いアルバムを持って来た。膝の上でそれを開いて確認してから、広げたページをフロイトに向ける。アルバムが閉じてしまわないようフロイトが手を添えると、乗り出してきて覗き込み、集合写真の一部を指した。

「運動会の写真です。これが――」

　それは小柄でクリクリとした目の男の子だった。

「――よしおくんという子なのですが。こちらがお母さんですね」

　子供たちの後ろに並ぶ保護者から、カールした髪の女性を指した。体格がよく、ニコニコしている。

「園の子で最初に誤嚥事故を起こして亡くなったのがこの子です。よしおくんはご自宅で、飴玉を喉に詰めてしまって意識不明になったんです。手を尽くしたのですが、数日後に亡くなりました」

「この子に兄弟は？」

「いません。ご両親は結婚が遅かったそうで、よしおくんは一人っ子でした。当時、ここは私の父が園長をしてまして、私も保育士になったばかりだったから……ショックでしたねえ……病院へお見舞いに行くとランドセルが置いてあるんです。翌春に卒園して小学生になるはずでした」

　園長はアルバムをじっと見た。

「もともと体の弱いお子さんとかで、父も何かと目をかけていたんですけど……」

「どこか悪かったんでしょうか」

園長は首を傾げた。

「いえ、やんちゃな子で、園では普通に見えました。うちは障がいのある子も受け入れているので、専門の看護師を置いて教室も別にしているんですけど、よしおくんはさほどリスキーなお子さんではありませんでした。ただ、検査で入退院を繰り返していて……こう言ってはなんですが、お母さんが神経質なタイプだったようで」

フロイトは話題を変えた。

「メルヘン街の子は、ほとんどこちらの幼稚園へ通ってましたか？」

「わかりませんけど、うちは受け入れ人数が多いので、常時、最低でも十人前後はメルヘン街からお子さんたちが通っていました。園バスも何往復かしていましたし」

「他にも誤嚥した子供がいますね」

メガネの奥で目をしばたたいてから、園長は話し出す。

「ええ。子供は誤嚥事故を起こしやすいので」

「では、警察に通報したのはなぜでしょう。消防署ではなく」

園長は顔をしかめた。

「ですからあれは間違いで……もちろん救急車も呼んだんですよ？」

「何かに違和感を感じておられたわけですよね」

フロイトが誠実に言うと、園長は指先でメガネを押し上げた。しばし逡巡《しゅんじゅん》してから、思い切ったように顔を上げる。

「初めは、ほんのちょっとした違和感だったんです」

「どんな違和感ですか」

「ランドセル。あと、花と絵本、ベッドに吊ったオモチャとか――」

フロイトは深く頷いた。

「――それで、後になってから思ったんです。もしも私の息子が意識不明になって、明日をも知れずに病院にいたとして、私なら、ランドセルや絵本やオモチャを飾る余裕があるだろうかと……私は、大学で心理学を学んでいたので……」

なんの話をしているのか、わからないながらもあかねは少し緊張してきた。

「園長は何かを疑ったんですね」

フロイトが聞くと、

「そうです」

園長はアルバムを引き寄せた。

「思い込みだったんですけどね。ひとたび疑ってしまうと、あれもこれも心当たりが湧いてきました。よっちゃんが死んでしまって、悲しみに暮れるご両親に、そんな疑いを抱いたなんて」

「よしおくんのご両親はどんな方ですか」

「お父さんは工業廃液などの検査会社にお勤めだったと思います。ずいぶん前に亡くなりましたけど。幼稚園というところは、ある意味情報の宝庫なんです。お母さんたちの話では……こういう言い方もあれですが、よっちゃんやご主人の保険金が膨大で、お母さんは安泰なのよと話していました」

「疑いを抱いたのはいつですか？」

園長は生唾を呑み込んだ。

「はっきり疑っていたわけでもないです。ただ……『もしや』と思ったことがきっかけで、少し気をつけていたというか、お母さんのほうはその後も園の行事や地域のボランティアに積極的に参加されていて……」

フロイトが黙っていると、園長は顔を上げて先を続けた。

「親切な良い人で、ご近所でも人気者だったんですよ。お子さんに次いでご主人まで亡くされて、それでも健気に生きておられる。応援したくなる人ですし、だから私は、自分の心が歪んでいるんじゃないか、妄想が激しすぎるんじゃないかと考えたりもしたんです。でも、私の仕事は子供を守ることですから、誰にも言いませんでしたけど、彼女から目を離さないようにしていて、結局間違えてしまったんです。あと、お母さんたちの噂話に振り回されてしまったのかもしれません。信じたいことだけ聞こえるというような状況だったのかも」

「どんな噂に振り回されたんですか？」

「ええ……あの……」

園長はお尻の位置をずらして言った。

「甘いものが大好きで、子供に砂糖を与えすぎると」

あかねは密《ひそ》かに眉をひそめた。それは悪いことなのだろうか。小さかった頃に、親たちがしていた、『知らない誰か』の話を聞いているような気分になった。

「それで？」

フロイトが促すと、園長は首を傾げた。

「ああ……そうですね……私は今でも、半信半疑でいるわけですよ」

「そのときの話を聞かせて下さい」

何度か軽く頷いて、自分自身を納得させようとしてから、園長は言う。

「地域と園が共同で文化祭をやったときのことでした。園児たちの作品を展示して、バザーで不用品や、お母さんたちの手作りお菓子や小物を売って、お父さんたちは水風船やかざぐるまの屋台を出して、輪投げなどのゲームコーナーを作り……地場産品の販売や……それで、あれはドーナッでしたけど、ドーナッは油を使うので、園の調理場で給食先生が揚げてから、それをお庭で売るんです。子供たちは保護者同伴で来る約束だったのですが、お友だちを何人か連れてお手伝いにきているお母さんもいて、そういう場合は大抵子供たちに目が届きません。園庭は囲われているから安心だと思うんでしょうけれど、私はそういう子たちに特に注意を払っていて、なかに双子の男の子がいたんです。卒園したばかりの一年生で……」

園長は庭で遊んでいる園児らに目をやって、

「ジャングルジムの脇に、青い建物が見えますか？」と訊いた。

あかねとフロイトが窓のほうへ体を向けると、ジャングルジムの奥にボウボウと茂った木があって、脇に物置程度の青い建物が見えた。

「あれはプールの浄化槽なんですが、裏側に人が通れるくらいの隙間があって、園内の死角なんです。特別なにも置いてないことと、不審者が潜もうと思っても、そもそも園庭に入れないことから、そのままになっていたんですが、今は裏に行けないように柵で囲ってあるんです」

園長はフロイトに向き直って言った。

「双子は悠人《ゆうと》くんと裕弥《ゆうや》くんという名前で、久々に園に戻って嬉しそうだったんですが、ふと気がつくと、一緒に姿が消えていました」

胸騒ぎがしたんです、と園長は言う。そして秘密を打ち明けるように小首を傾げて目を細めた。

「探していると浄化槽の裏で声がしました。ヒステリックで、でも、押し殺した女性の声でした。『ダメじゃない、あれほどダメと言ったのに』小さな声だったけど、私には聞こえたんです。それで走って行きました。そうしたら、隙間にボランティアのお母さんと裕弥くんが見えました。お母さんは立って裕弥くんの肩を押さえて、『内緒にしておいてあげるから』と……そのあとは少し聞こえなくって、『誰にも言っちゃダメよ』って。裕弥くんは泣いていました。それで、『裕弥くん、どうしたの！』と、私が大声で叫んだんです。彼はこっちへ走って来て、そのとき、浄化槽小屋の裏に倒れている悠人くんが見えました」

あかねは思わず、祈るように指を重ねた。

「ハッとして、大急ぎで走って行きました。するとボランティアのお母さんが叫んだのです。『園長先生、救急車を呼んで下さい』って」

「あなたはそうしたんですか？」

フロイトの声も緊迫している。園長は頭を振った。

「呼ぶより前に、行って子供の様子を見ました。悠人くんは真っ青で、すぐに誤嚥だと思いました。今にして思えば他の原因は考えもしなかった。すぐ抱き上げて、下腹に腕を回して、力一杯引きました。悠人くんはドーナツを吐き出しました。喉にドーナツが詰まっていたんです」

その場の騒動が見えるようだった。走って来る父兄たち、驚く子供や、助けになるものを取りに行くお母さんたち……。

「ボランティアのお母さんはどうしましたか？」

あかねの疑問をフロイトが訊く。

「いつものように率先して介抱を……エプロンで口を拭ったり、お水を持って来てと叫んだり……私は恐怖しかなくて……悠人くんと悠人くんたちのお母さんが救急車に乗っていったとき、裕弥くんを自分の車で病院まで送ったんです。そして裕弥くんに訊きました。浄化槽の裏で何があったか」

「何があったと言ってましたか？」

園長は頷いた。

「ドーナツです。園のドーナツはベーキングパウダーではなくイーストで膨らませるので、もっちりしているんです。その方がカロリーを抑えられるし、甘さも控えられるので。あとは小さい子が喉に貼り付けないようにするためですけど」

「でも、詰まったんですね？」

あかねは思わず訊いてしまった。焼き芋だって、飲み物なしで食べたら詰まりそうになる。

「そうなのよ。どんな食べ物も無理矢理呑み込もうとすれば危険だけれど、ドーナツは特に口の水分を奪いやすいから、飲み物と一緒に食べるように園では気をつけていたんだけれど」

それからフロイトを見て言った。

「裕弥くんの話では、そのお母さんがドーナツを五つ持ってきて、フードファイターごっこをして、早いほうが三つ食べていいと言ったんだそうです。『でも、慌てちゃダメよ、お行儀よくね』と。そして『よーいドン！』と、手を叩いた。飲み物も用意せずにそんなことをしたらどうなるか、大人なら想像がつくはずです」

「たしかに。死角になった場所で与える意味も不明だな」

フロイトは独り言のようにつぶやいた。

「あとは、その後の様子です。私はそれが怖かった。裕弥くんは、自分たちが慌てて食べたせいだと思って泣いていました。悠人くんの喉が詰まったのは自分のせいだと考えたんです。強く責められたからですね」

「一度激しく責めてから、内緒にしてあげると言って、抱き込んだ」

「卯田さんのときみたいですね」

あかねは言った。

「私は父に相談しました。父はメルヘン街で子供の事故が多いことを知っていて、それでますます怖くなり、警察の生活安全部へ相談に行ったとき、友部さんにドーナツの話をしてしまったんです。でも、証拠はなにもないわけで、ドーナツの件も故意と認めることもできずに……ただ、友部さんも色々調べてくださって、記録だけ残してくれたようでした」

「だからぼくらがここへ来られた。話してくださってありがとうございます」

「あの……先生の大学の被験者さんも、裕弥くんみたいにお友だちの事故を自分のせいだと思っていたということですか。それが原因で悪夢を見ていた？」

今度はフロイトが頷いた。

「悪夢を見るだけでなく、生き方も歪めていたのです」

「私が疑いを持ったことを知って、その方は次第にフェードアウトしていきました。その後も誤嚥事故の話を聞くとゾッとしたけど、でも、どうすることもできません」

「でも今はメルヘン街に子供たちはいないようですね」

「みんな大人になりましたから」

「どうもありがとうございました」

フロイトは席を立ち、あかねも立って頭を下げた。

「被験者さんが立ち直るといいのですけど」

園長の言葉でフロイトは訊ねた。

「ときに、今井園長が疑ったのは代理ミュンヒハウゼン症候群ですね？」

「ええ、そうです。私なら、緊急搬送された息子の病室にランドセルは飾りません」

いつの間にか庭の園児は消えていて、砂場に忘れられた赤いシャベルがひとつ、小さな山の真ん中あたりにささっていた。


駐車場へ戻ると、窓を開け放した車の運転席でヲタ森がパソコンをいじっていた。

「話は済んだよ。メルヘン街へ戻ろう」

覗き込んでフロイトが言う。ヲタ森はパソコンの電源を落として畳み、

「後部座席に置いといて」

と、あかねに渡した。後部座席にパソコンを置き、滑り落ちないようヲタ森のリュックで堤防を作ってから、フロイトが助手席に来るのを待って、あかねは訊いた。

「教授、第二ミュンヒなんとかって何ですか？」

「代理ミュンヒハウゼン症候群」

シートベルトを締めながらフロイトが言う。ヲタ森はエンジンをかけた。

「え、なに？　誰が代理ミュンヒハウゼン症候群なの？」

フロイトはバックミラー越しにあかねを見た。

「ここへ来るとき、水色の家の印象をあかねくんに訊ねたろ？　ぼくもそれを疑っていたからだ」

「ほうほう、なるほど」

　ハンドルを切りながらヲタ森が訊く。

「オレは見てないんだけどさ、そんな感じの家だったの？」

「え、だから、どんな感じがそんな感じかわかりませんよ。代理ナントカを知らないんだから」

「ミュンヒハウゼン症候群は虚偽性障害を伴う精神障害のひとつだよ。他人の同情や関心を引くために虚偽の病状を申告したり、自分を故意に傷つけたりする」

「あるじゃん、たいしたことないのに大げさに痛がったり、包帯巻くのが好きなやつとか」

「……それって病気なんですか？」

「程度の問題になるけれど、症状が慢性的で重篤かどうかが一つの指針だ。元々ある持病を大げさに誇張するとか、治癒すると別の病気が発症したように偽るとか、自傷行為をしてまで病気になろうとするとかね。ミュンヒハウゼン症候群は症例が二股になっていて、その役割を他者に与えて故意に罹患《りかん》させたり、罹患したように装わせるケースを『代理ミュンヒハウゼン症候群』と呼ぶんだよ。代理ミュンヒハウゼン症候群は、被害者が身内や配偶者、特に子供であるケースが多いんだ。子供は親に対して無力だからね。発見するのも難しい」

「どうしてそんなことをするんですか」

「承認欲求が強いんだよ。ミュンヒハウゼン症候群の場合は、自身が子供の頃に大病したり手術を経験したりしていて、そのとき同情された記憶が引き金になるともいわれているけど、代理ミュンヒハウゼン症候群は、献身的に看病する自分への、周囲の好意や称賛に快感を覚えてやめられなくなると言われているんだ。虐待死とみられた子供たちの中に、一定数はこの症例による犠牲者が含まれるともいわれている……もう一本電話するから」

フロイトはスマホを出してどこかへかけた。

「夢科学研究所の風路です。私立イマイ幼稚園へ行って、園長と話をしました」

「高山ケイジケイジだな」

バックミラー越しにあかねを見てヲタ森が言う。

フロイトが人差し指を立てたので、ヲタ森の推理は当たっていたらしい。

「千葉県警の友部刑事に感謝していると伝えてください。これからメルヘン街へ行きますが……はい。え？　そうですか。それは恐縮です。ええ、はい。わかっています。ぼくらは警察じゃありませんから……はい……」

それではよろしくお願いしますと言って、フロイトは電話を切った。

「殺人事件の時効は廃止されたからね。かといって、立件できない事件について、警察が消極的なのも事実ではあるけど」

「行ってどうするつもりなんですか？」

と、ヲタ森が訊く。フロイトはウインドウを開けて外を見た。

「心が満たされないから何かをやろうというのと、満たされないなら何をやってもいいというのは違う。園長先生と話して理解したんだ。きっかけは、ひとり息子の死だったんだと」

ヲタ森は眉をひそめて、「病んでますね」と言った。

「辰野寿子《としこ》の息子さんに兄弟はいなかったそうだ」

フロイトはそう言った。

如何《いか》に頭の回転が遅い自分でも、それが誰かくらいはわかる。

「え……え……え……」

あかねはブーブークッションから最後の空気を抜いたときのような悲鳴を上げた。

「結婚が遅かったこともあり、息子さんは一人っ子。その後配偶者も死亡して、そこそこ暮らせる程度の保険金が入ったらしい。家を買うと団体信用生命保険に加入するから、債務者が死亡するとローンの返済は免除されるし、子供の事故は立証不能でも、ご主人の死亡については調べ直すようだと高山刑事が言ってたよ。辰野家のご主人は工業廃液などの検査会社に勤めていたようだから」

フロイトは後部座席のあかねを振り返って言った。

「確定されたわけではないが、代理ミュンヒハウゼン症候群を患う女性の場合、過度にメルヘンチックな装飾や服装などを好む傾向が見られることがあるんだよ。もちろん、そういうものが好きだと代理ミュンヒハウゼン症候群であるということではないから、勘違いをしないように。これは必要以上に自分を儚《はかな》く見せたい、同情を買いたい、守って欲しい、称賛を得たい等の精神状態が、可憐でひと目を惹くけれど、人畜無害に見えるものを選んだ結果というわけだ」

「だから水色の家の印象を訊いたんですね」

「印象、どうだったの？」

ヲタ森が訊く。

「ムリしている感じがしたっていうか」

「なんだそれ？」

「上手く言えないんですけど、浮いていました。しっくりこないというか」

「似合っていなかったってこと？」

あかねは懸命に考える。

「そういうのともちょっと違って、コンセプトがつかみにくいというか……あ、そうか……どういう人が住んでいるのか、ちぐはぐで想像がつかない感じです。家なのに家っぽくないと言えばいいのか、テーマパークの入口でチケットとお菓子だけ売ってるプレハブみたいな」

「上手いこと言うなあ……あかねくんは時々鋭いね」

フロイトが笑う。

「剪定中のお爺さんと話をしたとき、すでに子供がいないのに分譲当時の外観を守っていることとや、自分の子供を亡くしているのに他の子供の面倒をみられる精神が、ぼくはすごいと思ったんだよ。まあ、一番の理由は姫香くんの夢なんだ。姫香くんは夢で『子供が足をバタバタさせていた』と言った。スプーンは握ったままなのに、足はバタバタさせていたとね。姫香くんは手と足を見た、もっとも肝心な頭ではなく。もしも彼女が殺人を犯していたなら、注目したのは手でも足でもなくて頭のはずだ。足を見る余裕なんかないだろう。そこでこう考えた。手足と頭の間に人がいたんだ。男の子の頭をパフェグラスに突っ込んでいる大人がね」

「そんなことを考えていたんですか、プリンスメルの実験中に」

訊くヲタ森と確信を持ったフロイト。バックミラーに二人の目だけが映っている。見ていると、フロイトの目が後部座席のあかねに向いた。

「お爺さんの話でもわかっただろ？　カラフルな家に住むテンションを持ち続けるのは大変だって。逆に、本当にああいう仕様の家が好きな人なら、そこには独自のポリシーが見える。黄色い家やピンクの家にはそれがあったよ。年月と共に古びていく建物の美学のようなものを感じたけれど、水色の家にはそれがない。目につく一階部分だけ、似て非なる色で塗り直してあったしね。何もかもがハリボテなんだよ。少なくともぼくにはそう見えた」

「ハリポタですか？」

「違う、ハリボテ。外側だけを取り繕って、裏側がベニヤ板の舞台装置のようなものを言う」

「なーるほど」

今日はたくさん言葉を覚えた。使わないとすぐに忘れてしまうけど。代理ナントカはすでに忘れた。そうこうするうち、車はメルヘン街へ戻ってきた。フロイトはグローブボックスを開けて手のひらサイズのボイスレコーダーを出し、それをシャツの胸ポケットに押し込んだ。

「一緒に行くかい？」

誰にともなくそう訊いたので、ヲタ森とあかねは一瞬顔を見合わせた。

「ペコがいけ。オレは車に残っていないと」

「そうだな。じゃ、水色の家の前で止めてくれ。交差点だから少し離れて」

「了解」

と、ヲタ森は言い、法定駐車禁止区域外に車を止めた。

「ピアノ教室の婆さんに、なんて話すつもりなんですか」

ヲタ森が訊く。

「正直に言うさ。こんな悪夢からは解放してやらないと」

フロイトが車を降りたので、あかねも慌てて後部座席を出た。

就職試験のときよりも、心臓がドキドキしていた。


グリム童話のお菓子の家には人喰《ひとく》い魔女が住んでいた。

森の迷子をお菓子で引き寄せ、太らせてから食べるのだ。いま、あかねの目の前にあるのはお菓子の家ではないけれど、先入観をもって眺めれば、アヒルのかたちに切り抜いた板や、ひまわりを模した風車、懸命に風をかくクジラやカモメのモニュメントが、子供釣りの道具に見えてくる。

白昼にピアノを習いにくる子はいないのか、水色の家はひっそりとして、まるで眠っているようだ。雨除けの庇《ひさし》に吊ったウインドチャームがシャラシャラ鳴って、甘いお菓子の匂いがしている。インターフォンは伸びきったオリーブの葉陰にあって、フロイトは、今度こそベルを鳴らした。

「はあい」

声はインターフォン越しではなく、どこからか直接聞こえた。玄関ではなくて、建物沿いに続く細長いアプローチの奥からだ。

「ごめんくださーい」

フロイトが呼びかけると、再び「はーい」と声が返って、アプローチの奥から、ズルズルした花柄のワンピースを着た白髪のお婆さんがやってきた。まるでイギリスの田舎に住んでいる人のようだとあかねは思った。

お婆さんは太っていて体格もよく、パーマをかけた髪がチリチリと顔の周囲を覆っている。銀縁メガネを鼻に載せ、ピンクと白のコスモスを抱えていた。

玄関先に立つフロイトを見ると、にこやかに微笑んで、「どちらさま?」と訊く。

フロイトは胸ポケットから名刺を出した。

「突然お邪魔して申し訳ありません。私は私立未来世紀大学で教授をしている風路という者ですが」

「あらま、大学の先生?」

この人はいくつぐらいだろうと、あかねは密かに考えている。新潟にいるあかねのお祖母ちゃんは七十一歳で、それより若いのかもしれないけれど、でもそれは、着ている花柄の服のせいかもしれない。お婆さんはメガネを外して名刺を見つめ、

「大学の先生が何かしら」

外国映画の女優さんのような作り笑顔で訊いてきた。

「辰野寿子さんですね？　実は、お話を伺いたくてお訪ねしました。私は大学で悪夢の研究をしているのですが」

辰野寿子は目を見開いて首をすくめた。何に注目して自分を訪ねてきたのか興味があるというように、コスモスの花束を顔の前に持って来て、写真のポーズさながら片足を後ろに引いた。

「十五年ほど前にこちらで起きた悲しい事件について伺いたいのです」

彼女は眉をひそめて悲しみを表し、それから首を左右に振った。

「辛い記憶を伺うことは、ほんとうに心苦しいのですが……」

「いいのよ。ええ……ええ。いいんですとも」

片手をヒラヒラさせて言う。

「本当に辛いのは私より……いいえ、もちろん私は誰よりも親御さんの気持ちがわかりますけど。なんですの？　大学で、変わった事故を調べているとか？」

「調べているのは悪夢の原因……もちろん、アイスクリームで溺死というのは変わった事案だと思います。辰野さんはご自身が辛い経験をお持ちだというのに、その後もずっと地域の子供たちの見守りを続けておられるということで、そのあたりのお話も伺えたらと」

悲しみについては理解していると頷いてから、彼女は慈愛に満ちた目でフロイトを見上げた。

「教授、パイはお好きかしら？　そちらのあなたは？」

「助手の城崎です。大好きです」

「ならば、ちょっと寄っていらっしゃい。私はお菓子作りが得意なの。坊やが生きていた頃は毎日のように手作りのおやつをね……今は食べてくれる相手がピアノ教室の子供ぐらいになっちゃって、寂しいのよ」

アプローチを戻るお婆さんと敷地へ入ると、そこは二坪程度の庭だった。半地下になったサンルームの明かり取りの脇に、テーブルと椅子が置かれている。蔓草を模したアルミのガーデンファニチャーは柱と同じ白色だ。

「すぐに戻りますから、ここで待っていてちょうだい」

コスモスを抱えて玄関のほうへいく。

地面から斜めに立ち上がった明かり取りは、経年劣化でガラスが大分濁っていたが、地下室の様子が覗ける。内部は八畳程度の広さで、姫香が言っていたとおり、子供用の椅子とテーブル、低い本棚、木箱にオモチャを詰め込んで置いてある。

「やっぱりただの夢じゃなかったんですね」

それが姫香の夢の通りだったので、あかねは言った。カラフルな床材もオモチャも色褪せて、灰色になったウサギのぬいぐるみがこちらを見ている。庭にはバラとマリーゴールドが植えられて、一角がコスモスの藪になっていた。学長のバラ園は秋のバラが盛りだが、こちらの庭は徒長した枝ばかりで花がない。

お尻が冷たいアルミの椅子に座っていると、白いエプロンを着けたお婆さんが、紅茶とパイをお盆に載せて戻ってきた。ティーセットはバラの花柄のロイヤルドルトン。パイはチョコレートにバナナとマシュマロを載せて焼いたもののようだった。

「うわ、いい匂い。甘い香りはこれだったんですね」

それはマシュマロの砂糖が焦げる匂いだ。魅惑的で甘いお菓子の匂い。

「焼きたてだから熱いわよ」

彼女はフロイトとあかねの皿にパイを切り分け、素敵なカップに紅茶を注いだ。

「ありがとうございます」

と、フロイトは言い、あかねもテンション高めに礼を言う。

見た目が見事なチョコレートとバナナとマシュマロのパイは、食べてみると甘くて、甘くて、とにかく甘い。パイ生地に少しだけ塩気があるのが救いで、もしもタエちゃんの梅干しがあったら、もっと美味しく感じただろうとあかねは思う。

「辰野さんは、ずっとピアノを教えておられるんですか？」

お菓子とお茶には手をつけずにフロイトが訊く。

「学生の頃からピアノは習っていたんですけど、結婚が決まったときに副業でできる仕事はないかと考えて、教師の資格をとりました」

「素敵なお家にお住まいで、そういえば、ここはメルヘン街というそうですね」

「今は減ってしまいましたけど、分譲当初は全ての家がパステルみたいな色でした。まるで外国に来たようで、それなりに有名な場所だったんですよ」

「なるほど。確かに外国のような造りですものね。庭でお茶が飲めるとは羨ましい」

彼女は自分のカップにも紅茶を注ぎ、小指を立ててカップを持った。

「けれど……幸せは……長くは続きませんでした。念願の子供が出来たと思ったら、病弱で生まれてきたんです。しかも五歳で亡くなるなんて」

悲しそうに言う。

「ご病気ですか？」

「喉に飴玉を詰めたんです」

カップを持つ手が微かに震えた。フロイトが訊く。

「お子さんから目を離した隙に、ですか？」

「そうじゃないの。目の前よ。私も、他のお母さんたちも近くにいたの。ほかの子たちと一緒に遊んでいてね、おやつを分けて食べていたのよ。近くにいたの。見てたんです。でも」

「動転してしまった？」

光景が目の前にあるかのように、彼女はゆっくり首を振る。

「何か喉に詰まったなんて思わなかったの。まさか飴玉を舐めていたとは知らなかった。様子が変だと思ったけれど、どうしてなのかわからなかった。子供が倒れて、救急車を呼んで、他のお母さんが口を開けて、喉に何か詰まっていると……それで初めて……もしも知っていたら……飴を舐めているって知っていたなら」

あかねはフォークをお皿に戻した。

「残念です」

と、フロイトが言う。

「それほど辛い目に遭ったのに、辰野さんはその後も地域の子供たちの面倒を見てくださっているそうですね。１１９番通報を最もしてくれている家だと聞きました」

「だって、放っておけないですもの。子供は一瞬で死ぬんです。ほんの一瞬。目の前にいたって助けてあげられないこともあるんですから」

「他の子たちのことも心配になったんですね」

「色んな子供がいますから。聞き分けのいい子ばかりじゃないし、危ないと思うことも平気でやってしまう子もいるし。乱暴でやんちゃな子供は特に怖いです。自分だけじゃなくお友だちまで危険にさらすから」

「たとえばどんな？」

「そうね。ピアノは繊細な楽器だから、乱暴に扱うと音が変わってしまうんですが、何度言っても聞き分けません。ガラスの食器も片手で持って割ってしまうし、階段で遊ぶのは危険だと言っても聞き分けません。食べ物もそうです。ゆっくりよく嚙んで食べるように言っても、お友だちと奪い合いになるとリスみたいにほっぺたに詰め込むんです。本を取り合って手を切ったり、棘のあるバラに触ったり……一番危ないのは道路に飛び出すことかしら。ここは角地だから危険なんです」

「そういう子がいたら、どうするんですか」

あかねは息を潜めてしまう。フロイトが核心に近づいていくのがわかるからだ。

お婆さんの顔をじっと見つめて、表情も崩さずフロイトは訊く。

「卯田姫香という女の子を覚えていますか？　小学校へ入る前、辰野さんにピアノを習っていたそうですが」

「卯田姫香ちゃん？」

首を傾げて、頰を搔く。

「ごめんなさい。長く通っていた子はともかく、とても全員を覚えていることはできないわ」

「ハロウィーンパーティーをしているときに、男の子がひとり亡くなっていますね」

「ええ……そうなの。事故があったせいでその後パーティーは止《や》めてしまったけど、教室のパーティーのときは凄く大きなパフェを作って振る舞ったのよ。バーレルサイズのアイスを買って、生クリームをたくさん使って、子供の頃ってそういうのが夢でしょう？　どうせ食べきれないんだけど、私はそれでもいいと思って……でも、あの時は……途中で他の子が私を呼びに来てくれたのよ。ジャイ太《た》くんが……ジャイ太というのがその子のあだ名だったんだけど、ジャイ太くんがアイスを独り占めして、どこかへ持って行っちゃったって……それで……」

先を続けてと言うように、フロイトは頷いた。

「見つけた時は、器から頭が抜けなくなっていたんです」

カップに注いだ紅茶から、静かに湯気が立ち上る。

シャラシャラと玄関のウインドチャームが優しい音を奏でている。

フロイトはいきなり訊いた。

「お話を録音させていただいてもよろしいでしょうか」

そしてポケットに入れていたボイスレコーダーをテーブルに載せた。警戒するかと思ったのに、お婆さんは意外にも「どうぞ」と微笑む。フロイトはスイッチを押した。

「辰野さんは夢を見ますか？」

突然の質問に対しては、真意がわからないというように首を傾げた。けれど行動だけでは記録に残らないと気付いてか、お婆さんはこう言った。

「夢って夢？　夜に見るあれのこと？」

「そうです。繰り返し見る同じ夢があるとか、気になる夢を見るとか、まったく夢は見ないとか……私の研究対象が悪夢だということはお話ししましたが、辛い経験を乗り越えてなお、他の人たちに尽力できる辰野さんの夢はどんなものかと興味がありまして」

「夢……そうね……夢は、見ているのかもしれないけれど、忘れてしまうから」

「アウトプットしないと消えていくものですからね。たとえばご家族がいて、こんな夢を見たと話をするとある程度記憶に定着しますが、脳が実生活に対応していく中で、夢については記憶の隅に追いやられてしまったりします。ですから枕元にメモを置き、起きてすぐ書き留めたりするといいんですけど」

　お婆さんは笑った。

「夢のコレクションをして、何かいいことがあるかしら」

「自分自身では気づけない深層心理が見えたりします。ときには夢が真実を暴き出すことも」

　お婆さんが顔色を変えたのを、あかねは見逃さなかった。もちろんフロイトも気がついていることだろう。

「卯田姫香さんは、男の子が死んだとき同じ場所に居合わせたんです。そしてあなたから責められた。なぜ言うことを聞かなかったのかと。それは勝手に地下室へ入ったことだったのかもしれないが、幼い頭は理解が及ばず、自分が彼を殺してしまった、もしくは自分のせいで彼が死んだと解釈し、記憶しました。彼女は自分を恐ろしい人間と思い込み、事故のシーンを悪夢に見て、今もまだ苦しんでいます。あなたは記憶にないですか？　黙っていてあげるから、このことは忘れてしまえと、幼い子供に吹き込んだことが」

「なんなの？」

辰野寿子は悲鳴を上げた。顔つきが変貌して別人のようになっている。

「年寄りだと思って馬鹿にしないで。私を脅しにきたの？」

「違います。糾弾しようと思って来たわけでもない。真実を知りたいんです」

「真実は話したわ。話したことが真実よ。ジャイ太くんは自分で器に頭を入れて、抜けなくなって死んだのよ」

「息子さんの事故のあと、あなたも自分を責めたのではないですか」

「責め……あたりまえでしょ、母親ですよ？　目の前で子供が事故に遭ったら、母親ならば、誰だってみんな自分を責めます」

フロイトは頷いた。

「そうですね。そして深い悲しみに暮れる。悲しみましたか？」

「いったい何が言いたいの？」

「この住宅地では、六歳の男の子が誤嚥事故で三人も亡くなっています。亡くならないまでも事故に遭った子供もいます。通報者はすべてあなたです」

彼女は唇を震わせた。化け物を見るような目でフロイトを見ている。

「いいことをしたら疑われるの？　救急車を呼ぶと疑われるんですか」

「疑ったりしていません。何を疑われたと思ったんですか」

お婆さんは目を逸らす。視線の先にあるのは花のないバラだ。鋭い棘は彼女の内面から生え出て来るかのようにあかねは感じる。子供、母親、お婆さん、それはあかねにとって無条件で善良と思える存在なのに、この洒落たお婆さんが本当に子供たちを殺していたのだろうか。

「辰野寿子さん。今から仮定の話をするので聞いて下さい」

フロイトはそう言うと、椅子を斜めにして足を組んだ。隙間を通ってお婆さんが逃げないように、足でブロックしたのだ。

穏やかで、静かで、響くフロイトの声は、普通の人には何でもないが、罪人にはさぞかし怖いことだろう。幽霊森の幽霊よりずっと怖いのではないかとあかねは思う。

「あるところに理想の高い女性がいました。それゆえ結婚相手と巡り会うまでに時間がかかってしまいましたが、彼女はついに運命の相手と巡り会い、誰もがうらやむような家を買い、子供にも恵まれました。でもある日、不幸な事故が起こってしまう。彼女は現実を受け入れることができません。全てにおいて完璧なはずの自分が、目の前の事故に対処もできない。それは許されない敗北でした」

　さやかな風がつるバラの細い茎を揺らしている。シャラシャラと玄関のほうからウインドチャームの音がする。切り分けたパイに目を注いだままで、お婆さんはふくよかな頬を引き攣らせていく。さっきまであった善良さは消え失せて、刑場に引き出された罪人のような顔になる。

「彼女はせめて母親の義務を果たそうと病室を飾り、懸命に介護する。けれど子供は死んでしまった」

「やめて」

　喘ぐような声で、お婆さんはつぶやいた。

「可哀想なことに、ご主人はひどく彼女を責めました。彼もショックを受けたのです。子供を喪った悲しみは同じはずなのに、ご主人は彼女を慰めるどころか、母親失格と罵った」

「もうやめて」

　お婆さんは涙を浮かべた。

「その後もずっと、成長していく他の子供を見るたびに、ネチネチと責め続けたのかもしれません。それは彼女自身が一番思っていたことなのに、重ねてご主人の口から聞かされるのは、とても辛かったことでしょう。彼女が悲しみを分かち合える相手は、ご主人しかいないのに」

涙が頬を流れて落ちる。

「それでも彼女は強かった。悲しみを強さに変えて立ち向かおうとしたんです」

「ああ……やめて……」

お婆さんは両手で顔を覆ってしまった。けれどフロイトはやめようとしない。

「彼女は悲しみを閉じ込めた。閉じ込められた悲しみは、あるとき突然、思いも寄らぬかたちで噴出する。たとえば……」

「そうよ。もうやめて」

「息子さんに似た子供を見ているときに。その子の成長に息子さんの成長を重ねるときに。その子が息子さんの年齢を超えて小学生になるときに。死んだ息子に似た子を見ると、息子の年齢を超えて成長するのが許せなくなる」

「そうよ！　責められていると思うのよ！　自分でどうしようもなくなるの。その子のお母さんは立派に子供を成長させているのに、どうして私はできなかったの？　一人っ子なのに、たった独りを育てればよかっただけなのに、どうして他の子は大きくなるのに、私のよっちゃんは死んでしまったの？　そんな……そん……な……の」

　お婆さんは腰を折り、アルミテーブルと椅子の隙間に突っ伏した。

「男の子の頭を押さえてアイスクリームの器に押し込みましたか？」

「だって……だって……」

「他の子の口にマシュマロを詰め、呑み込むまで口を押さえましたか？」

「ちがう……私は悪くない」

　フロイトは立ち上がり、彼女の背中に手を置いた。

「死んだ息子さんの夢は見ますか？」

「あの子は夢に出てこない。一度も夢に出てこない。私を許してくれないからよ」

「そうじゃない」

　ビックリするほど優しい声で、フロイトはお婆さんにささやいた。

「そんなことはありません。息子さんが死んだのは事故で、あなたのせいではないんですから……子供を死なせた自己嫌悪。子供を立派に成長させる母親への嫉妬。あなたの間違った殺意はやがてあなたの自己顕示欲を満足させて、あなたを代理ミュンヒハウゼン症候群へと導いたんです。いいですか？　夢にはストレスやフラストレーションを浄化する役割がある。でも、あなたは殺人や傷害でそれを補ってしまったから、息子さんの夢を見ないのだと思います。捨てたのは息子さんのほうじゃない。あなたが、息子さんの代わりを、犯罪に求めたからですよ」

フロイトは手を伸ばし、ボイスレコーダーのスイッチを切った。

「辰野寿子さん。あなたはどんな母親でしたか。その後のあなたを知ったなら、息子さんはあなたをどんなふうに思うでしょうか」

フロイトはあかねに目配せをして、庭を出るぞと言った。

あかねはそっと立ち上がり、急に小さくなってしまったお婆さんに、どんな言葉をかけてあげたらいいのか悩んだ。悩んだ挙げ句、

「あの……パイをごちそうさまでした。凄く甘かったけど、美味しかったです」

と、トンチンカンな言葉を吐いて頭を下げた。

狭いアプローチを通って玄関へ戻り、水色の家の門を出ると、路上に止めた車の脇に、ヲタ森と、四十代後半ぐらいの男の人が立っていた。紺色のジャンパーに野球帽を被り、メガネをかけた丸顔の男性は、その場でフロイトに会釈した。

「千葉県警生活安全部総括顧問の友部です」

あかねは驚いてヲタ森を見たが、ヲタ森は平然とした顔だ。

ヲタ森だって刑事とフロイトが今まで何を話してきたのか知らないくせに、よくもまあポーカーフェイスができるものだと呆れてしまう。

フロイトは歩いていって、

「私立未来世紀大学夢科学研究所の風路です」

と頭を下げると、名刺ではなくボイスレコーダーを友部に渡した。

「お婆さんは庭にいます。どうか話を聞いてあげてください」

それからヲタ森に向かって、「行くよ」と言った。

ボイスレコーダーをポケットに入れ、刑事は水色の家へ向かって歩いていく。

「てか、をい……あの、すみません、刑事さん」

ヲタ森は眉間に皺を刻んで友部を呼び止め、

「ボイスレコーダーは夢科学研究所宛てに返却してくださいよ。送料はそっちの経費でお願いします」

そう念を押してから車に戻った。

フロイトはすでに運転席にいて、ヲタ森が助手席に戻るのを待っている。

あかねも後部座席に座ったが、急に寡黙になってしまったフロイトの気持ちがわかる気がした。彼は静かに怒りながら、悲しみも感じているのだろう。

自分はどうかと考えてみれば、子供を喪う母親の気持ちも、子供を愛する母親の気持ちも、子供はうるさくてウザいと思う大人の気持ちもわかる気がするし、本当に理解しているとも言えない気がした。ただひとつだけ間違いなく言い切れるのは、もしも自分が同じ不幸に見舞われたとして、私は決して他の子を手にかけたりしない。それを誰かのせいにすることもないということだ。

　車が走り出すと、通りの先のオリーブの木と、その隙間に覗く水色の家を振り返り、お菓子の家にはやっぱり魔女が住んでいた、とあかねは思った。

「ちょっと遅くなったけど、せっかくだからお昼を食べて帰ろうか」

　角を曲がるときフロイトが言った。

「いいですね。で、もちろんフロイトの奢りですよね」

　間髪を入れずにヲタ森が訊き、

「私、しょっぱいものが食べたいです」

　と、あかねは答えた。

「なんで？」

「お婆さんの家でチョコとバナナとマシュマロのパイをご馳走になったんですよ。それがもう、甘くて甘くて」

「なんでオレに内緒でそういうの食べてるの？　お土産に一切れとか考えないの？」

「そんなこと言えるわけないじゃないですか」

「なんでだよ、オレは言えるぞ」

「ヲタ森さんとは違うんですよっ」

「え。何が違うの？　どこが違うの」

バックミラーの中でフロイトが苦笑している。

曇り空はいつしか晴れて、遠くに雲がたなびいていた。

エピローグ

　大学の車を返却するためフロイトが総務課へ行ってしまうと、あかねはヲタ森の後ろにくっついて、一緒に幽霊森へ向かった。午後の空気は金色で、なにもかもが冬に向かっていくようだ。

「四年間も通ったのに、今はなんだか、毎日景色がしみるんです」

　広大な芝生の庭を眺めて言うと、ヲタ森は、

「なに感傷的になってんの」

　と茶化した。

　あかねは訊いてみたかった。私がいなくなってもヲタ森さんは平気なのかと。

　そしてすぐにそんな自分をバカだと思った。大学は卒業するのが普通だし、みんな卒業を望んでいるのに、確かに自分は感傷的になっているみたいだ。

「秋ですからね。感傷的にもなりますよ」

答えると、ヲタ森は「ぷ」と笑った。

「ぷってなんですか、『ぷ』って」

「いや、ペコが乙女みたいなことを言うから」

「ていうか、普通に乙女ですけど」

「乙女って十代までだろ？　あれ、違うのか、未婚の女性は乙女なのかな」

「それはちょっと違うと思います。でないと、未婚で乙女のお婆さんとか出てきちゃうし」

「だよな？　違うよな」

くだらない話をしながら回廊へ入ると、何人かの学生とすれ違った。彼らは学習棟から食堂のある棟への近道に回廊を利用しているのであって、途中のつなぎ目からヤブヤブ森の研究室へ向かう自分たちのことなんか知りもしないんだろうと思う。秘密基地さながらの夢科学研究所を知っていることは、密かな自慢で、心配でもある。フロイトとヲタ森が数々の捜査に貢献していることは、もっと知られていい気もするし、自分たちだけの秘密にしておきたい気持ちもあった。この不思議な場所に通い続けた日々を思うと、あかねは胸がきゅっとなる。一瞬で命が潰《つい》える子供のことを知ってしまったら、なおさらだ。

「私たちを待っているとき、友部刑事と何を話していたんですか？」

水色の家を出たときに、車の脇に並んでいた二人を思い出して訊く。

「別に、なにも」

「え、じゃあ、ずっと二人で、黙って突っ立っていたんですか？」

「んなわけあるか。挨拶ぐらいはしたけどさ」

「ああ、よかった。レコーダーを返してもらう交渉とかは、ヲタ森さんは得意ですもんね」

「オレのこと馬鹿にしてる？」

ヲタ森は立ち止まって振り返り、目を細めてあかねを見下ろした。

「友部刑事はどうしてあそこにいたんでしょう。刑事って、なんでもわかっちゃうものなのかな」

「バカだな」

と、言いかけて、ヲタ森は口をモゴモゴさせた。

「高山刑事から連絡が行ったんだよ。フロイトが電話してたろ？　幼稚園からメルヘン街へ戻るとき」

「そういえば、していましたね」

「それでケイジケイジが千葉県警へ連絡したんだよ。誤嚥事件を担当したのが友部さんだから、すぐに飛んで来てくれたんだ。刑事ってさ、疑わしいだけじゃ立件できないだろ？　だからフロイトが取った言質があって、ようやく当局を動かせるんじゃないのかな」

「そうなんですか？」

「フロイトだって言ってたじゃん、立件可能な事件かどうかが、捜査するかどうかの基準になるって」

「あのお婆さんはどうなるんでしょう」

「さあね」

と、ヲタ森が言ったとき、回廊の切れ目に到達した。そこから先はヤブヤブの森で、木立の切れ間に秋の日が差している。『夢科学研究所』と書かれた看板の支柱にヘクソカズラが絡みついていて、ヲタ森は拾った小枝で蔓をほどいた。

「あ、臭っ」

あかねは顔をしかめて言った。

「だろ？　だからヘクソカズラって言うんだぞ。迂闊に触らないよう覚えとけ」

「最近真面目に学長の講義に出ているだけあって、植物に詳しくなったんですね」

「植物って面白いよな。オレはヲタク気質だから、興味の範疇《はんちゅう》を広げるのはマズいんだ。時間が足りなくなっちゃうから必死にセーブしてるんだけど、植物は面白い。ものによっちゃ食えるしさ、薬になったりお茶になったり」

「そのうち研究所の裏庭に薬草園とか作りませんよね」

「わざわざ作らなくていいんだよ。薬はそこらに生えてるの。伊集院学長に聞いてみな？　ていうか、ペコも講義に出ればいいじゃん」

「卒論やらなきゃいけないのに、そんな時間はありません」

　そう言ってから、ふと思う。

「四年もいたのに、もったいないことしちゃったな」

　梢を抜ける木漏れ日は金の光のベールのようだ。草薮が発光したように輝いて、どこまでも森が続いていると錯覚させる。夏の間は緑がむせかえるようだった幽霊森も、今では柔らかで明るい緑に変わっている。ヲタ森のひょろ長い背中が先を行く。獣道が細いので、一列でないと歩けないのだ。白いものと青いものと黒いものが見えてきて、藪を払った空間の手前で、不意にヲタ森が立ち止まる。あかねは背中にぶつかりそうになって、鼻の頭をかすったところでようやく止まった。

「危ないじゃないです」か、と言いかけて前方を見ると、プレハブ研究室の入口に、黒い人影がうずくまっている。

　あかねはヲタ森の前に出た。

　ヲタ森が貼り替えたという貼り紙は、再び『入るときはノックをすること　ドアの開閉は迅速機敏に』に変わっていた。その下で膝を抱えて、卯田姫香がこっちを見ている。折りたたんで握りしめているのがたぶん、ヲタ森が赤い字で書いた、『プリンスメル、お前のためにやってんだからな！』の貼り紙だ。叱られた犬のような表情をして、迷子のように目を潤ませて、姫香はただ座っている。

あかねはヲタ森を押しのけて、姫香の許へ走っていった。

「卯田さんっ！」

跪いて、ぎゅっと抱く。

「やだ、イタイ」

姫香は言った。

「ごめんなさい。でも、会えてよかった」

「大げさね。一日休んだだけじゃない」

「え、一日休んだだけなんですか？　もう二度と会わないつもりだったんじゃなかったんですか」

必死の形相でそう訊くと、姫香はちょっと唇を嚙み、

「ＡＯ入試の願書を出すのに、ギリギリだっただけでしょう」

唇を突き出してそう言った。

あかねは言葉に出さなかったけど、もう一度姫香の手を取って、ヲタ森の貼り紙ごとその手を上下に激しく振った。草を踏む音をさせながら、ヲタ森が近くへやってく

る。そして二人の頭の上から、

「どいてくれる？　鍵開けるから」

と、フラットに言った。

あかねは姫香を立ち上がらせて、一緒に鍵が開くのを待った。姫香はバツが悪そうで、貼り紙をそっとリュックにしまった。入口の鍵が開くと、ドアノブを握ってヲタ森が振り向く。

「入るときノックね」

ガッと開け、サッと入って、バタンと閉めた。

あかねと姫香は顔を見合わせ、二人同時にノックした。ガンガン叩く。

「聞こえてるわ！　さっさと入れ」

ヲタ森が言ったとき、あかねは姫香が嬉しそうに笑っているのに気がついた。


大事な話があるんです。卯田さんに、どうしても聞いてほしい話が。あかねは一刻も早くそれを姫香に告げたかったけど、ヲタ森が黙っているので我慢した。大学の車の返却手続きが終わったら、フロイトもここへ帰ってくる。そして姫香を縛っていた誤解の鎖《くさり》を外してくれる。そのあと姫香がどうするか……それはあかねにはわからないけれど、きっと大丈夫だとあかねは思う。今はただ、彼女がここにいるのが嬉しい。

研究所の外は金の森。ヲタ森が開けた窓から涼しい風が入ってきて、葛の葉は輝き、梢が揺れる。ほんとうに大切なものはなんなのか。どうしたらそれを守りきれるのか。自分たちはまだ、やっと広大な未来の入口に立ったばかりだ。その先へ、どうやって漕ぎだしていったらいいのか。わかっていることはあまりに少ない。姫香の頭から引きずり出された悪夢と、それに関わった人たちのことが、あかねの心を占めている。自分がその一翼を担ったなんて信じられない。夢はどこからきて何を伝え、どこへつながっているのだろう。私たちならその謎を解けるだろうかとあかねは思う。ヤブヤブ森のプレハブ小屋に流れ着く欠点ばかりの私たちでも、欠けた部分を補い合って、もしも力を合わわせられたら。

——夢を見ますか？　あなたはそれを覚えていますか？　繰り返し見る同じ夢がありますか？　忘れることのできない夢は？　ここは夢を集めるサイトです。夢を可視化するプロジェクトを進めています。あなたが見た夢の話を聞かせて下さい。

フロイト教授とヲタクのヲタ森、やる気だけはある私たちがあなたの話を伺います。

私立未来世紀大学・夢科学研究所——

To be continued.

参考文献

『神経心理学コレクション　精神医学再考　神経心理学の立場から』大東祥孝＝著／医学書院
『怖くて眠れなくなる植物学』稲垣栄洋＝著／ＰＨＰ研究所
『警察手帳』古野まほろ＝著／新潮新書
『商店建築０３‐０２』商店建築社
『誕生日を知らない女の子』黒川祥子＝著／集英社
『診断名サイコパス　身近に潜む異常人格者たち』ロバート・Ｄ・ヘア＝著／小林宏明＝訳／早川書房
『カウンセリングを考える 上下』河合隼雄＝著／創元社

―――本書のプロフィール―――

本書は書き下ろしです。

小学館文庫

夢探偵《ゆめたんてい》フロイト
—アイスクリーム溺死事件《できしじけん》—

著者　内藤《ないとう》　了《りょう》

二〇二〇年十二月十三日　初版第一刷発行
二〇二一年一月十九日　第二刷発行

発行人　飯田昌宏
発行所　株式会社　小学館
〒一〇一-八〇〇一
東京都千代田区一ツ橋二-三-一
電話　編集〇三-三二三〇-五六一六
　　　販売〇三-五二八一-三五五五
印刷所——大日本印刷株式会社

ISBN978-4-09-406857-3